에어콘 없는 방

이음희곡선

에어콘 없는 방

고영범

일러두기

- 이 희곡은 제6회 벽산희곡상 수상작으로, 수상 당시 제목은 「유신호텔 503호」이다.
- 「에어콘 없는 방」이라는 제목으로 2017년 9월 14일부터 10월 1일까지 남산예술센터에서 초연되었다. 초연 제작 및 출연진은 아래와 같다. 상세한 크레딧은 책 말미에 실었다.
- 이 희곡은 실존 인물 현피터(Peter Hyun, 1906~1993)의 생애에 바탕해 창작된 것이다. 현피터의 가족 폴라 배슨, 레나 현, 더글라스 현의 허락을 얻어 출간되었다.

연출	이성열		
출연	한명구(피터)		김현중(젊은 피터)
	민병욱(하와이)		김동완(대머리)
	홍원기(중절모)		최원정(앨리스)
	김경회(무대감독)		심재완(존, 검은 사내)
	윤상원(샘, 검은 사내)		주예선(배우1, 투우사)
	전주영(배우2, 북한 아나운서)		
	이영재(배우3)		신주호(배우4)
	박정현(배우5)		유승민(배우6)
드라마터그	조만수	무대	박상봉
조명	김성구	음악	김동욱
의상	이수원	분장	이동민
영상	윤형철	인형제작	문창혁
모션그래픽	김희정	조연출	김세홍
무대감독	김은선	기획	코르코르디움
무대조감독	안수민	사진	윤헌태
	노희국		

남산예술센터 · 극단 백수광부 공동제작

차례

무대

사실적으로 구현된 전형적인 호텔 방.

삼면이 닫혀 있고 왼쪽에 출입문, 상수 왼쪽에 화장실로 통하는 문, 오른쪽에 창문이 있다. 상수와 오른쪽의 벽은 가변형으로 빠른 시간 안에 개방되거나 회전될 수 있어야 한다.

출입문을 열고 들어서면 왼쪽으로 작은 냉장고와 옷장이 있다. 욕실로 통하는 문 우측에 의자가 세 개 놓여 있는 원탁. 원탁 위로 갓전등이 매달려 있다. 원탁 뒷벽에 일력이 하나 붙어 있다. 그 우측 옆에 침대가 놓여 있다. 침대 우측 옆으로 전화기와 라디오가 놓여 있는 작은 사이드테이블이 있고, 침대 아래로 관객석을 마주 보면서 책상이 놓여 있다. 그 위에 탁상용 전등.

무대의 세부적인 구성이 바뀔 수는 있겠지만, 세부 구성을 어떻게 바꾸든 사실적인 무대를 유지하는 것이 중요하다. 이 무대를 사실적으로 구현하는 것이 중요한 이유는, 이 공간에서 벌어지는 사건이 현실과 비현실의 경계를 수시로 오가는 것이기 때문이다. 인물이 비현실의 세계를 헤매다가 정신을 차리고 주변을 둘러볼 때 현실감을 회복할 수 있는 공간이 존재하는 것이 중요하다.

장면에 따른 무대 전환은 특별한 지시가 없는 한 공개전환을 원칙으로 한다. 이때 무대 전환은 무대감독 역을 맡은 인물의 지시 하에 인형극 「황소 페르디난드」의 조종수이자 「비버들의 봉기」 배우로 등장하는 인물들이 맡아 한다.

이 방은 또한 피터가 조국을 경험하는 공간으로 우리에게 열려 있는 유일한 곳이다. 피터에게 한국은 부모님의 조국이자 자신과 앨리스 누나의 조국이기도 하다. 그들은 조국의 해방을 위해서 헌신했고, 조국이 해방되자마자 돌아와서 일하고 싶어 했으나 배제당

한다. 이후 앨리스는 북으로 넘어가 또 다른 조국인 그곳을 위해 일하고자 했으나 결국 희생당했다. 피터에게 조국은 따라서 무한한 애정의 대상이지만 동시에 절망과 좌절, 슬픔을 동시에 안겨준 곳이다. 게다가 1975년 현재의 조국은 유신체제하의 전체주의 사회다. 북에서 앨리스가 당한 것처럼 자신 또한 언제 어떻게 당할지 모른다는 위기의식을 피터는 가지고 있다. 이런 위기의식은 그렇잖아도 신경쇠약과 우울증을 앓고 있는 피터에게 현실과 환상의 구분할 수 없는 결합이라는 극단적인 형태로 나타나게 된다.

등장 인물

현피터

70세. 남. 1919년에 한국을 떠나 상해에서 2년 정도 산 뒤 줄곧 미국에서 생활해왔다. 1975년 8월 현재 상해 임시정부의 설립자 중 한 사람인 아버지 현순 목사가 건국공로자로 추서되고 유해를 국립묘지에 안장하기로 결정되면서 미국에서 오래전에 사망한 부모님의 유골을 모시고 귀국했다.

피터는 1930년대에는 뉴욕과 보스턴을 오가며 연극을 했지만 결국 포기하고 하와이로 돌아가 측량기사로 일한다. 기사보조로 일하다가 기사로 승진하고 얼마 되지 않아 일본군의 진주만 공습이 터진다. 피터는 이 사건을 계기로 미군에 입대해서 후방침투 훈련을 받다가 조국이 해방되면서 큰누나인 현앨리스와 함께 미군정의 일원으로 한국에 부임하지만, 불과 몇 달 지나지 않아 공산주의 활동 혐의를 받고 강제 귀국조치를 당한다. 이후에도 피터는 미국 내 좌파 그룹들과 연대하여 한국 내 미군정의 정책을 비롯한 미국의 대한국 정책을 비판하는 언론 및 저술 활동을 벌임과 동시에 미국 내 소수민족 및 계급 문제를 지적하는 다양한 활동을 벌이다가 결국 미국 하원의 비미국적 행위 조사위원회에 회부된다. 피터는 기소는 면하지만 기나긴 청문회 과정을 거치는 동안 아내와 헤어지게 됐다. 그후로는 식당과 보험업 등 다양한 직업을 유지하면서 생계를 도모할 뿐 더 이상 정치활동을 계속하지는 못한다. 피터는 일련의 과정을 거치면서 심각한 우울증과 신경쇠약을 얻었고 약물치료를 받고 있는 상태다.

1975년 현재 한국은 극단적인 반공-전체주의인 유신체제하에 있기 때문에 공산주의 활동에 연루된 혐의로 인해 오래 고생해온 피터로서는 이번의 귀국이 심리적으로 매우 어려운 일이다. 그러나 평생 조국의 독립을 위해 헌신했던 아버지가 고국에 돌아오는 일이었으므로 상당한 용기를 내서 결행한 것이다.

젊은 피터

1936년 현피터가 뉴딜 정책의 일환으로 만들어진 미국 공공근로 프로그램 위원회(WPA) 산하 연방극단(Federal Theatre)에서 아동극 연출자로 일하던 시절의 모습. 젊은 피터는 이 시절 그림책 「황소 페르디난드」(Ferdinand the Bull)를 각색한 동명의 인형극을 성공적으로 연출했고 곧이어 「비버들의 봉기」(Revolt of the Beavers)라는 작품의 연출을 의뢰 받는다. 이 작품을 브로드웨이의 극장에서 상연하기로 결정되면서, 아시아인 연출의 이름으로 브로드웨이에 가기를 꺼린 배우들이 연출 교체를 요구하는 사태가 벌어지고 결국 젊은 피터는 스스로 연출 자리에서 물러난다. 이 일을 계기로 젊은 피터는 연극계를 떠나 하와이로 돌아간다. 이 작품에서는 심리적으로 극도의 불안 상태에 처해 있는 피터가 자신의 젊은 시절의 모습인 젊은 피터와 대면하게 된다.

하와이

사십 대 중반. 남. 피터를 초청한 보훈처의 과장. 피터를 안내하고
접대하는 역할을 맡았다. 하와이 출신인 피터를 배려하는 의미에
서 하와이안 셔츠를 입고 다닌다. 피터는 이 사람의 진짜 정체는
중앙정보부 요원이라고 의심하고 있다.

대머리

사십 대 중반. 남. 피터가 하원에서 조사받던 시절 변호사인 와
이런과 연방극단 시절의 프로듀서 바버 두 사람이 합쳐진 인물이
다. 피터의 기억 속에 들어 있는 두 명의 주요 미국인이 한 사람
으로 나타나는 것이다.

현앨리스

사십 대 중반. 여. 피터의 큰누나. 피터와 함께 미군정청의 일원으
로 해방된 한국에 들어왔다가 좌익활동 혐의로 강제 송환되었다.
이후 피터와 함께 한국 내 미군정청의 정책을 비판하는 활동을 벌
였고, 1948년에 아들과 함께 체코로 가서 아들이 프라하의 의대에
진학하고 난 후 북한으로 들어갔다. 한국전쟁이 끝난 후 박헌영을
비롯한 남로당파가 숙청 당할 때 함께 희생된 것으로 여겨진다.

중절모

박헌영, 보다 정확히 말하자면 피터가 기억하고 있는 박헌영의 이
미지. 오십 대 중반. 남. 박헌영은 피터와 앨리스가 상해에 있던

시절 그들을 가르친 교사였고 선배였던 사람이다. 피터와 앨리스가 미군정의 일원으로 조국에 돌아왔을 때 박헌영을 다시 찾아간 것은 어쩌면 자연스러운 일이었을 것이다. 그러나 박헌영이 합법 정당의 당수였음에도 군정으로부터 배척 당하면서 피터와 앨리스 또한 탄압을 받고 강제 송환되었다. 이후 박헌영이 북으로 넘어가 부수상이 되면서 미국에서 터 잡기 어려웠던 앨리스는 '또 다른 조국' 북으로 가는 길을 선택하게 된다.

무대감독

삼십 대 중반. 남. 극중 극의 무대감독 역할이고, 이 작품의 무대 전환 또한 맡아서 지휘하는 역할을 한다.

존

오십 대 중반. 남. 무대 스태프. 아일랜드 출신의 무대 노동자. 숙련 노동자 특유의 과도한 자부심과 동양인에 대한 적나라한 차별 의식을 드러낸다.

샘

오십 대 중반. 남. 존의 동료.

폴

이십 대 초반. 남. 극중 극「비버들의 봉기」의 아역.

메리

이십 대 초반. 여. 극중 극「비버들의 봉기」의 아역.

배우들

극중 인형극 「황소 페르디난드」의 인형조종수들이자 극중 극 「비버들의 봉기」의 배우들. 또한 이 극의 무대 전환을 맡는다.

장면 1

1975년 8월 7일. 서울. 유신호텔 503호.

정장을 차려입은 칠순 노인이 여행 가방을 들고 들어온다.
현피터다. 피터는 가방을 내려놓고 손수건을 꺼내 땀을 닦는다.
창으로 가서 창문을 연다. 거리의 소음이 쏟아져 들어온다.
다시 닫는다.

피터   (방 안을 둘러본다. 땀을 닦는다) 에 덥다…
              에어콘이 없나 보네. 호텔에.

피터는 손수건을 들고 목욕탕으로 들어간다. 물소리. 피터가
물에 적신 손수건으로 목덜미를 닦으며 나온다. 여행 가방을
침대 위에 올려놓고 짐을 푼다. 제일 먼저 보자기로 싼 작은
상자 두 개를 꺼내 테이블 위에 조심스럽게 올려놓는다. 생각에
잠겨 잠시 쳐다보다가 턱시도를 꺼내 옷장을 열고 건다.
옷장 안에 선풍기가 들어 있다. 피터는 선풍기를 꺼내 책상
위에 올려놓고 작동시킨다. 중간쯤 세기로 조절한 후 회전을
선택한다. 가방 안에서 샘플 위스키 병들을 꺼내는데,
노크 소리.

13

| 피터 | (병들을 다시 가방에 넣고 덮는다) 예, |
| | 들어오세요. |

문이 열리며 중년 사내가 들어온다. 요란한 문양의 하와이안 셔츠를 입고 있다. 이 사내는 이 연극이 진행되는 동안 피터의 상상 안에서 다양한 인물을 연기하게 된다. 우리는 이 인물을 '하와이'라고 부르자.

하와이	아유 웬 날씨가… 저기, 부탁하신 대로
	국제전화 신청해놨습니다. 연결되는 대로
	프론트 데스크에서 전화가 올 겁니다.
	아니, 수출입국을 국가 시책으로 삼은 게
	언젠데 미국 전화 한 통 하는 게 이렇게
	어려워. 참 내. 짐 아직 안 푸셨네요?
피터	아 예, 얼마 안 되니까 금방 풉니다.
하와이	(선풍기 앞에 가서 선다) 어, 덥다… 냉방
	잘 되는 호텔이 이 근처에만도 몇 개나
	있다더구만, 우린 벌써 십 년 넘게 같은
	집이에요. 의전 담당이 무슨 잘 듣는 약을
	받아먹었는지, 에 참.
피터	뭐 괜찮습니다.
하와이	미국은 에어콘 잘 나오죠?
피터	예, 뭐 아무래도… 허허…
하와이	에, 덥다…

하와이는 셔츠 깃 안으로 선풍기 바람을 집어넣고 있고,
피터는 가방 안에서 조심스럽게 보자기에 싸인 작은 상자를
꺼내 테이블 위에 올려놓는다.

하와이   (상자로 다가선다) 아, 이게 저, 그…
피터   예.
하와이   어떻게, 제가 모시고 내려가서 보관을
            시킬까요, 아니면…
피터   아뇨. 오늘은 제가 모시고 있다가 내일
            식장에 갈 때…

전화벨이 울린다.

하와이   (전화를 받는다) 아, 여보세요. 어, 어,
            잠깐만. (수화기를 피터에게 건네준다)
            연결됐답니다.
피터   (수화기를 넘겨받는다) 예, 접니다. 여보세요?
            (하와이를 쳐다본다)
하와이   그럼 통화하시고요, 저도 정리 좀 해놓고
            다시 모시러 오겠습니다.

하와이 퇴장

피터   어, 나요. 거기가 지금 몇 시야?
            밤 열 시 반? 그렇겠군. 여기가 오후

15

두 시 반이니까. 자는 걸 깨운 건 아니오?
(사이) 어, 지금 막 호텔에 들어왔어. 무척
덥군. (사이) 응. 걱정할 거 없어요. 정부가
공식적으로 초청해서 온 건데 무슨 별일이
있겠소. 여기 이름하고 주소? 응. (서랍에서
호텔 편지봉투와 메모지를 찾아 읽는다)
서울특별시 영등포구 여의도동 14번지
유신호텔 503호. 반복해보시오. (사이)
응. 다 맞어. 허허, 그래. 출발하기 전에
또 전화할게. 알았어요. 지금 누가 도청을
하고 있으면 이게 공식적인 경고가 되겠네.
그런데 뭐, 이런 거 무서워할 사람들인가?
…응… 걱정할 거 없대두. 그래, 약 거르지
않고 먹을게. 글쎄, 안 마셔. 글쎄
알았다니까. 잘 자요. (전화를 끊는다)
그 사람 참… 걱정할 거 없대두…

새삼 주위를 둘러본다.

피터　　　이게 대체 얼마 만이야… (일력을 본다)
　　　　　1975년 8월 7일이라. 보자, 46년 2월에
　　　　　떠났으니까, 꼭 28년하고 6개월 만이구만.
　　　　　청춘을 다 보내고 늙고 비루먹은 말이 돼서
　　　　　돌아왔네…. 오백 년 도읍지를 필마로
　　　　　돌아드니 산천은 의구하되 인걸은 간 데

16

없다… 보자, 과거의 영웅 애국지사들
중에서 이제 남은 사람이 아무도 없구나…
세월이 어느새 이렇게 흘러버린 건가…

피터는 가방에 들어 있던 샘플 위스키 병과 옷 들을 서랍장에
넣고 가방을 한쪽으로 치운다.

피터   (유분함을 쓰다듬으며) 어머님, 아버님,
          그토록 그리워하시던 땅에 왔습니다.
          군사독재 정권이 있는 한 안 오겠다고
          하셨는데, 이제 저도 언제 어찌 될지 모르는
          나이가 돼서, 제 맘대로 모시고 왔습니다.
          용서하십시오.

이때 벽 너머에서 "쉿!" 하는 소리가 들린다. 피터가 놀라서
주변을 둘러본다. 벽 너머에서 사람들이 움직이는 소리,
조심스럽게 의자를 끄는 소리가 들려온다. 피터가 벽에 다가가
귀를 바짝 대고 들어보면 이런 소리들은 사라지고, 영어 라디오
소리가 주파수를 바꾸면서 들려온다. 피터는 불안해진다.
라디오를 켜본다. 깔깔거리는 웃음소리가 들린다. 채널을
이리저리 돌려보다가 끈다. 다시 영어 라디오 소리가 들려온다.
피터는 의자를 딛고 올라가 전등갓 위쪽을 살펴보고, 벽에 붙어
있는 액자와 일력 뒤를 살펴본다. 아무런 이상도 찾을 수 없고,
소리도 멈춘다. 피터는 주머니를 뒤져 약병에서 약을 한 알
꺼내 삼키고는 침대에 걸터앉아 머리를 감싸쥔다. 피곤하다.

17

벽시계를 올려다본다.

피터   시간이 없군. 한잠 잤으면 딱 좋겠구만…

벽이 열리면서 스태프와 인형조종수 들이 들어온다. 피터가
어리둥절해서 쳐다본다.

무대감독   자, 서두릅시다.
피터   (침대에서 일어선다) 아니 저, 이보시오…

스태프들은 아랑곳하지 않고 무대를 옮기기 시작한다. 피터는
테이블로 가서 유분함을 끌어안는다. 피터가 당황해서 어찌할
바를 몰라 하는데, 문에서 노크 소리가 들린다. 피터가
문으로 다가가는 동안 스태프들은 사라진다. 피터가 주변을
둘러보다가 문을 연다.

하와이   선생님, 준비되셨나요? 내려가시죠.
피터   아, 미안합니다. 조금만 더… 먼저 내려가
            계세요. 곧 내려가겠습니다.
하와이   아, 예. 서두르지 않으셔도 됩니다.
            차가 도착하면 전화드리겠습니다.

하와이가 나가고 피터가 문을 닫는다. 피터가 문을 닫고
돌아서자 서커스 음악이 울리면서 스태프들이 다시 들어선다.

무대감독	자, 무대 올립시다.

피터가 무대감독을 알아본다.

피터	제이슨?
무대감독	지금 여기 계시면 안 됩니다. (스태프 · 인형조종수 들에게) 자, 서두릅시다. (존에게) 존, 배경막 고정시킬 방법을 좀 연구해 봐요. 내일부터 트럭에 싣고 순회공연을 다녀야 하는데, 현장에서 떨어지면 곤란해요.
샘	떨어지더라도 그 시건방진 차이나 맨 머리 위로 떨어질 테니까 걱정하지 않아도 돼.
무대감독	이건 내 무대기도 해요. 내 밥줄이라고요.
샘	하! 알았어.

이들이 대화를 나누는 동안 인형조종수들은 방 안 가구를 옮겨서 만든 무대 위에 인형들을 설치하고 움직여보기 시작한다. 스태프들의 움직임이 분주해지는 한편으로 음악 소리가 점점 더 커지고, 전화벨이 울린다. 피터는 유분함을 서랍장에 숨기고는 도망치듯이 빠져나간다.

장면 2

스태프 · 인형조종수 들이 침대를 옮겨 인형극을 위한 무대로 바꾸고 인형들의 자리를 잡는 동안 존과 샘은 무대 뒷배경막을 설치하고 인형극 무대 앞에 현수막을 건다. 현수막에는 "1936년 뉴욕 최고의 무대! 공공근로 프로그램 위원회 | 연방극장 프로젝트 제작, 먼로 리프 작 | 피터 현 연출 「황소 페르디난드」"라고 쓰여 있다. 위의 일들이 벌어지는 동안 전화벨이 계속 울린다. 젊은 피터가 등장해서 수화기를 든다.

젊은 피터   예, 바버 씨. 좀 더 있을 겁니다. 몇 군데
              손을 볼 생각이거든요. 예, 그렇게 알고
              있겠습니다. (수화기를 내려놓고. 스태프와
              인형조종수 들에게) 자, 마지막으로
              몇 군데만 더 손을 보도록 하겠습니다.

인형조종수들이 자리를 잡는다. 무대 스태프 존과 샘은 한쪽 옆으로 가서 선다. 존은 클로버*가 그려진 초록색 티셔츠를 입고 있다.

---

*   아일랜드의 상징

샘	또 시작이군. 끝났나 보다 하면 조금 더, 끝났나 보다 하면 조금 더.
젊은 피터	앞부분은 됐고, 페르디난드가 투우장에 끌려간 다음 장면부터 다시 해보죠.
무대감독	(인형조종수들에게) 준비됐습니까?

인형조종수들이 준비된 걸 확인한 무대감독이 내레이터에게 눈짓을 한다.

내레이터	아름다운 숙녀들 모두 한 사람도 빠짐없이 머리에 꽃을 꽂고 있었습니다. 투우장에서는 반데리예로들이 제일 먼저 등장했습니다. 화려한 리본 장식이 달린 길고 가느다란 침을 황소 등에 꽂아 화가 나게 만드는 투우사들이죠. 그 뒤로는 비썩 마른 말을 탄 피카도레들이 나왔습니다. 긴 창을 황소에게 꽂아서 더 더 화가 나게 만드는 투우사들이죠. 그 뒤로 자기가 엄청 미남이라고 생각하는 주인공 투우사, 마타도르가 숙녀들에게 인사를 건네면서 등장했습니다. 마타도르는 빨간 망토를 걸치고 날카로운 칼을 가지고 있었습니다. 마지막으로 황소를 쓰러뜨리는 데 쓸 칼이죠. 그리고 나서 황소가 나왔습니다. 누군지 아시죠? 바로 페르디난드였습니다.

페르디난드는 이미 공포의 페르디난드라고
불리고 있었기 때문에 반데리에로와
피카도레 모두 겁에 질렸습니다. 마타도르는
무서워서 몸이 뻣뻣하게 굳었습니다.
페르디난드는 투우장의 한가운데로
달려나갔습니다. 관객들은 소리를 지르면서
박수를 쳐댔습니다. 페르디난드가 이제부터
맹렬하게 콧김을 내뿜으면서 여기저기
들이받고 뿔질을 해댈 거라고 기대했기
때문입니다. 하지만 페르디난드는
달랐습니다. 투우장의 한가운데로 달려나간
페르디난드는 아름다운 숙녀들이 모두들
머리에 꽃을 꽂고 있는 걸 발견했습니다.
페르디난드는 조용히 그 자리에 주저앉아서
꽃향기를 맡기 시작했습니다.

젊은 피터　자, 여기까지.

인형들이 동작을 멈춘다.

젊은 피터　이 장면을 좀 바꿨어요. 조용히 주저앉아서
꽃향기를 맡는 게 아니라 왈츠에 맞춰서
춤추듯이 움직이다가 그 자리에 쓰러지듯이
눕는 걸로. 투우사들은 황당해서 입을 딱
벌리고 구경합니다. 되겠어요?

조종자1　예. 해보죠.

젊은 피터	자, 그럼 해봅시다. 제이슨 음악 준비됐죠?
무대감독	예.
젊은 피터	그럼 갑시다. 쿵짝짝 쿵짝짝 사 분의 삼 박자. 악센트는 첫 박자에 있어요.
무대감독	(무대 밖을 향해) 자, 장면 팔 다시 이, 음악 큐!

왈츠 음악이 흐르고 인형조종수들은 젊은 피터의 연출 지시에
따라 음악에 맞춰 인형들을 움직인다. 페르디난드가 춤을
추다가 빙글빙글 돌면서 바닥에 쓰러져서 꽃향기를 맡는다.

젊은 피터	자, 다들 수고했어요. 그럼 내일 만납시다.

인형조종수들 퇴장. 무대 스태프가 인형극 무대의 막을 내린다.
대머리 중년 사내가 박수를 치면서 등장한다. 여기선
바버 씨다.

대머리	더 좋아질 구석이 남아 있었군!
젊은 피터	감사합니다, 바버 씨. 잠깐만요. (퇴장하려고 하는 스태프들에게) 존,

스태프 두 사람이 피터를 힐끗 돌아보고는 그대로 돌아서서
나가려 한다.

젊은 피터	존!

존이 멈춰서서 돌아본다. 위협적으로 피터를 노려보지만
피터는 전혀 주눅들지 않는다.

젊은 피터   잠깐 이리 와보시죠.

존은 말없이 서서 피터를 노려보다가 바버와 눈이 마주친다.
바버가 고갯짓으로 지시에 따르라고 하자 할 수 없이 몇 걸음
다가온다.

존   미스터 캠벨. 존이 아니고.

젊은 피터   다들 존이라고 부르지 않나요? 하지만
            원한다면 미스터 캠벨이라고 불러드리죠.
            미스터 캠벨, 오늘 배경막이 좀 불안정했던
            것 같아요. 내일 공연 전까지 손 좀
            봐주세요.

존   (옆의 스태프, 샘에게) 샘, 배경막이 "불안정"
            했어?

샘   아니. 찹수이들이 무대에 대해서 알 리가
            있나.

존   게다가 찹수이들은 항상 불만이 많지.

젊은 피터   괜한 불만이 아니고, 문제가 있으니
            고치라는 거요, 미스터 존 캠벨. 연출자로서
            지시하는 겁니다. 그리고 난 중국인이
            아니라 조선인이오. 당신은 그 사실을

24

알고 있죠. 그리고 난 당신이 그 사실을
알고 있다는 사실을 알고 있어요. 당신은
아일랜드 출신이죠? 뼛속까지 아일랜드
사람인 당신을 영국 사람 취급하면 당신은
기분이 어떻겠소.

분위기가 얼어붙는다. 존이 소매를 걷어붙이며 피터를 향해
한 걸음 다가선다. 피터도 물러서지 않고 그를 향해 다가선다.

대머리   (두 사람의 가운데로 들어선다) 존, 연출자에
            대해 불만이 있으면 나중에 스태프 노조를
            통해서 나한테 얘기하게나.
존   (나가며) 조심해, 차이나 맨.
젊은 피터   당신도 마찬가지야, 잉글리시 맨!

존이 돌아서서 젊은 피터에게 다가오려고 하지만 옆의 샘이
붙잡는다.

존   입조심하는 게 좋을걸.
젊은 피터   같은 대사 반복하는 거 아주 싫어하지만
            이번에는 어쩔 수 없군. 당신도 마찬가지야,
            존.

두 사람이 본격적으로 대치하기 시작하는데 샘이 존의 옆에
가서 선다.

대머리	(존과 샘에게) 지금 뭣들 하자는 건가?
	대공황이 끝났다는 뉴스라도 들은 건가?
	아직도 몇 블록만 내려가면 빵 한 쪽
	수프 한 그릇 얻어먹으려고 한 시간씩
	줄 서 있는 사람들 천지야. 이렇게 서로
	협조가 안 되면, 모두 다 같이 그 줄에 가서
	서자는 건가?
샘	가세, 존.

두 사람 퇴장.

대머리	피터.
젊은 피터	압니다. 하지만 제가 연출 일 시작한
	그날부터였어요. 참을 만큼 참았습니다.
	그런데 나아지기는커녕 갈수록 더
	노골적이에요. 어차피 똑같을 거라면
	더 이상 받아줄 이유가 없습니다.
대머리	(한숨을 쉰다) 노조에서 어떻게 나올지
	모르겠군. 그건 그렇고… 좋은 소식과
	안 좋은 소식 두 가지가 있는데.
젊은 피터	바버 씨, 1936년의 뉴욕에서 일본의 식민지
	조선인으로 살고 있다는 것 자체가 최악의
	뉴스예요. 한 가지 더 보태봐야 표도
	안 나겠지만, 일부러 찾아다니진 않아요.

좋은 소식은 뭔가요?

대머리　페르디난드를 월드 페어에서 상연해달라는
　　　　요청이 왔네.

젊은 피터　(시큰둥하다) 아, 좋은 소식이네요.

대머리　기쁘지 않나?

젊은 피터　기쁘죠. 하지만 월드 페어가 언제죠?

대머리　39년이니까 앞으로 3년 후군.

젊은 피터　오늘 아침 포스트지 보셨나요? 우리
　　　　연방극장 프로젝트가 빨갱이들 놀이터가
　　　　되고 있으니 없애버려야 한다고 썼더군요.
　　　　삼 년 안에 무슨 일이 벌어질 줄 알고
　　　　좋아하겠어요.

대머리　난 타임스 보네. 그리고 거기엔 이런 기사가
　　　　실렸지.

대머리가 신문을 내민다. 손가락으로 짚어주는 부분을 피터가
받아서 읽는다.

젊은 피터　"독일의 나치가 「황소 페르디난드」를
　　　　금서로 지정했다"…

대머리　그놈들이 도움이 될 때도 있어. 흐흐흐.

젊은 피터　이건 어떡하고요. "스탈린은 서방에서
　　　　쓰여진 아동도서 중 유일하게 「황소
　　　　페르디난드」의 국내 출판을 허용했다."

대머리　하지만 그 바로 밑을 봐. 인도의 간디

선생이 제일 좋아하는 책! 그리고
스페인에서 프랑코에 대항해서 싸우는
이들이 이 이야기를 찬양한다는 내용도
있지. 아무튼 이 작품은 이제 전 세계의
반파시스트들이 주목하는 얘기가 됐어. 우린
이 얘기를 제일 먼저 연극으로 만들었고.
이걸 뭐하러 건드리겠나. 우리가 아무리
미워도 그렇지.

젊은 피터　　그런가요? 아무튼 잘됐어요.

대머리　　그리고, 나쁜 소식 말인데…

젊은 피터　　네. 준비됐습니다.

대머리　　… 우리 스태프들 말이야…

젊은 피터　　(한숨을 쉬며) 하아… 바버 씨도 제가
지금보다 더 숙이고 들어가야 한다고
보시나요? 방금 보셨잖아요. 연출자로서
내리는 지시에 대해서도 어떤 태도를
보이는지.

대머리　　어, 그게 아니고, 내가 하고 싶은 얘기는,
우리 스태프들이 저렇게 고약한데, 그렇다고
그 문제를 내가 완전히 해결할 수 있는 것도
아니고… 저 친구들은 아마 계속 저렇게
나올걸세. 안 좋은 소식이 뭐냐면, 그럼에도
불구하고 자네가 한 작품 더 해줬으면
좋겠다는 거지.

젊은 피터　　아…

대머리	할 수 있겠나?
젊은 피터	물론이죠. 하다마다요. (사이) 감사합니다. 바버 씨.
대머리	(대본을 건네준다) 읽어보고 다시 얘기하세.
젊은 피터	(대본을 들여다본다) 「비버들의 봉기」 …이거 또…
대머리	그렇지. 황소에 이어서 또 동물이야. 하하. 하지만 인형극은 아닐세. 물론 자네가 결정할 문제지만.
젊은 피터	그런 얘기가 아니고요.
대머리	맞아. 독재자와 장군 비버들의 착취와 압제를 거부하고 일어서는 노동자 비버들! 분명히 공산주의자라는 욕을 먹을 작품이지.
젊은 피터	싸우기를 거부하는 황소 얘기에서 적극적으로 싸우는 비버 얘기로.
대머리	자네 같은 싸움닭한테 딱 맞는 작품이지.
젊은 피터	페르디난드를 하기 전엔 저 같은 평화주의자한테 꼭 맞는 이야기라고 하셨어요.
대머리	내가 그랬나? 역시 연출은 기억력이야. 자네처럼 기억력이 좋으면 못 할 작품이 없지.
젊은 피터	일단 읽어보겠습니다.
대머리	그거 쓴 루 란츠하고 오스카 사울 두 사람 다 이제 막 대학 졸업한 젊은이들이라네.

얘기가 잘 통할 거야.

젊은 피터　　… (대본을 뒤적거린다)

대머리　　(나가려다 말고 돌아선다) 피터,

젊은 피터　　예.

대머리　　어… 그게…

젊은 피터　　말씀하세요.

대머리　　조금만 덜 예민해지면 여러 사람한테
도움이 되긴 하겠네만… 아무튼 그거 읽어
보고 다시 얘기하지.

젊은 피터　　바버 씨,

대머리 돌아선다.

젊은 피터　　고맙습니다.

대머리　　내 일인걸.

대머리 퇴장. 젊은 피터는 침대로 가서 대본을 읽는다.
스태프들이 들어와 무대를 다시 장면 1의 상태로 되돌려
놓는다. 마지막으로 일력과 벽시계를 걸고, 시곗바늘을 열한
시로 맞춘다. 시곗바늘을 돌리는 동안 시간이 변하는 것에 맞춰
창밖이 점점 어두워진다.
젊은 피터는 대본을 읽다가 옆에 내려놓고 잔다.
암전.

장면 3

장면 1과 동일. 밤.

하와이가 피터를 부축하고 등장한다. 방문 옆의 불을 켜면
입구 쪽이 밝아진다. 피터는 술이 약간 취하긴 하지만 정신이
오락가락하는 정도는 아니다. 침대에는 젊은 피터가 누워서
자고 있지만 두 사람은 보지 못한다. 젊은 피터는 피터의 의식
속에서만 존재하기 때문에 하와이는 볼 수가 없고, 피터는 술이
좀 취한 상태인 데다가 시선이 반대편을 향하고 있기 때문에
아직 보지 못하고 있다.

하와이   침대로 모실까요?

피터   아니, 아니. 됐어요. 여기 좀 앉았다가
            정신이 들면 씻고 자야죠. 이거 영 면목
            없게 됐습니다. 나잇값을 못 하고 이렇게
            취해서 추태를 보이고…

피터가 책상 앞의 의자로 가서 앉는다. 하와이는 원탁 옆에
놓인 의자 하나를 피터 옆에 끌어다 놓고 앉는다.

하와이   아유 추태라뇨. 별말씀을요. 아직 여독이
            가시지 않아서 그러시죠.

피터	오랜만에 고국 땅을 밟고 이렇게 정부로부터 환대까지 받다 보니까 흥분했어요.
하와이	삼일운동 직후에 어린 소년의 몸으로 떠나셨다가, 해방 직후에 불과 몇 달 다녀가셨고… 아유, 감회가 여간하시겠습니까. 한잔하고 푸셔야죠. 그럼요.
피터	두 분 생전에 한번 모시고 왔어야 하는 건데…
하와이	그러게나 말입니다. 만시지탄의 염이 있긴 하지만, 이제라도 국립묘지에 모시게 됐으니 현순 목사님 내외께서도 지하에서나마 기뻐하실 겁니다.
피터	…예, 그러실 겁니다.
하와이	이제 목사님 내외분도 여기 모시고 했으니 자주 오셔야죠.
피터	예, 그래야죠.
하와이	그동안엔, 뭐, 못 오실 특별한 이유라도 있었나요?
피터	특별한 이유는요, 그저 너무 멀고, 먹고사는 게 바쁘다 보니까…
하와이	어디나 참 먹고사는 게… 가만있자, 방 냉장고에 뭘 좀 꽉꽉 채워드리라고 하긴 했는데… (냉장고로 가서 문을 열고

들여다본다) 맥주 한잔 더 하시겠습니까?

피터　　아유 전 벌써 술이 과해서…

하와이　　(맥주를 잔에 따라 건네며) 푹 주무시기만
　　　　하면 되는데요, 뭐. 날도 더운데 시원하게
　　　　한잔하시죠. 입가심으로.

피터　　예, 그럼 딱 한 잔만.

하와이　　현순 목사님 내외분의 영원한 귀향을
　　　　위하여!

피터　　(울컥한다) …감사합니다.

두 사람 건배한다. 하와이가 피터의 빈 잔을 또 채운다.

하와이　　이거 외람된 질문일지 모르겠지만, 궁금해서
　　　　여쭙는 건데요.

피터　　예.

하와이　　미국에선 주로 어떤 일을…

피터　　하…, 이것저것 많이 했습니다. 식당도 오래
　　　　했고,

하와이　　한식예요?

피터　　아뇨. 요즘에야 동포들이 많아져서
　　　　한식당도 하지만, 옛날에야 어디 그랬나요.
　　　　찹수이라고, 야채하고 고기 같이 볶아
　　　　먹는 중국 음식이 있는데, 미국 사람들이
　　　　옛날부터 그거는 많이 먹었습니다. 그거
　　　　파는 식당을 했습니다.

하와이	아, 예…
피터	그전에는 보험도 했고, 주류 판매상도 했고…
하와이	아이고, 고생 많이 하셨네요.

하와이가 잔을 들고 피터가 잔을 들어 부딪친다.

피터	고생은요. 고생은 연극할 때 많이 했죠.
하와이	연극요? 아이고, 여언극을 하셨구나. 미국에서요?
피터	예. 뭐 젊었을 때 잠깐. 한 칠팔 년… (술을 마신다) 제가 이거 별 얘길 다 하고. 아무래도 오늘 과음이에요.
하와이	아유 과음, 하셔야죠. 오늘 같은 날 과음 안 하면 어떤 날 하겠습니까. 부모님이 독립유공자로 국립묘지에 안장되는 게, 그게 아무한테나 있는 일입니까?
피터	예. 더할 나위 없는 영광이죠.

하와이가 술을 따라준다.

하와이	근데, 아까 말씀하신 그, 캬, 뉴욕 하면 그 세계 연극의 수도라는 데 아닙니까.
피터	뉴욕에서 제가 일한 데가 연방극장 프로젝트라고, 루스벨트 대통령이 삼십 년

대에 뉴딜 정책을 펴면서 연극예술가들을
국가에서 직접 고용한 겁니다. 훌륭한 작가,
연출가, 배우 들이 다 모여들었죠. 대공황
때문에 다른 데서는 연극을 만들 형편이
아니었거든요.

하와이   아하… 뉴딜요! 그때 댐만 지은 게
아니었구만요.

피터   그럼요. 근데 뭐, 저한테나 의미가 있지,
별로 재미도 없는 얘깁니다.

하와이   선생님, 제가 이래 봬도 대학 연극반
출신입니다. 저 나름대로 연기 좀 한다는
소리 들었던 몸이에요.

피터   아, 연기를 하셨구나. 어떤 작품을
했습니까?

하와이   작은 역들 주로 했는데, 군에 갔다 와서
졸업하기 전에 처음이자 마지막으로 주인공
한 번 했습니다. 로빠힌.

피터   아, 「체리 과수원」. 체홉!

하와이   「체리 과수원」요? 저흰 「벚꽃동산」이라는
이름으로 했습니다만,

피터   체홉식 허무주의를 강조하면 그렇게 번역할
수도 있죠. 근데 전 그 작품에서 무력한
지주의 몰락과 상업자본가의 득세를 더
중시하기 때문에 '체리 과수원'이라는
제목을 더 좋아합니다.

하와이	아, 그렇게 또 보시는구나.
피터	아무튼 연극을 하셨다니, 반갑습니다.
하와이	예, 선생님. 너무너무 반갑습니다. 그런 의미에서 한잔,
피터	잠깐만요.

피터가 일어나 서랍장에서 작은 샘플 위스키 병을 두 개 꺼내와 하와이에게 하나를 건넨다.

하와이	어이쿠, 시바스 리갈. 이 귀한 걸.
피터	자, 연극인의 기개로 한잔 쭉!
하와이	아 좋죠, 연극을 위하여!
피터	로빠힌을 위하여!

두 사람 다시 건배.

하와이	어, 좋다. 어, 과연.
피터	로빠힌이면 아주 큰 역이고 재능과 헌신이 없으면 하기 어려운 역인데, 연극은 요즘도 하십니까?

두 사람이 대화하는 뒤로 한 여자가 슬그머니 지나간다.
앨리스다.

앨리스	쉿!

피터가 인기척을 느끼고 돌아본다. 앨리스가 천천히 퇴장한다.
피터가 뒤를 돌아보았을 땐 이미 사라지고 없다.

하와이   아이고, 연극을 하긴요. 직장인 연극 하는
         사람들도 있긴 하지만, 한 작품 하려면
         매일같이 두어 달 저녁을 바쳐야 되는데,
         그게 어디 되나요. 연극을 하기는커녕 보러
         가는 것도 쉽지 않습니다.

피터   (정신을 차린다) 아, 그렇군요. 안타깝습니다.

하와이   사실, 졸업하면서 고민을 좀 했습니다.
         연극반 동료들 중에 연극계로 나가는
         이들이 몇 있었거든요. 저도 뭐, 홀어머니
         모시고 동생들 뒷바라지해야 하는 처지만
         아니었으면 그렇게 했을지도 모르겠습니다.

피터   아하… 그러셨군요. 연극이란 게 참,
         동서고금을 막론하고 생계가 막막한
         일이라…

하와이   아, 미국도 마찬가집니까?

피터   그럼요. 극소수를 제외하곤 아주 어렵죠.
         다들 식당에 나가서 웨이터나 웨이트리스
         하고… 보스턴에선 제가 직접 극단을
         만들었는데, 그래서, 다 같이 벌어서 같이
         먹고살고 같이 연극하는 시스템이었어요.
         당시로서는 다들 아주 혁명적인 발상이라고

했죠.

하와이   혁명적인 발상이라… 그럼 연극을 통해서
혁명을 일으키자! 뭐 이런 목적도 가지고
있으셨던 건가요?

피터   아, 아뇨. 그런 건 아니고, 연극이란
게 배우들이 무대 위의 공동 작업을
통해서 새로운 세계를 만들어내는 일
아니겠습니까? 그런 만큼, 그 작업을
하는 단원들은 일상생활도 같이해야 한다,
이런 새로운 철학으로 만든 극단이었다는
말씀입니다. 얼마 전에 보니까 리빙
시어터니 해서 공동체 생활을 하는
극단들이 더러 생겼던데, 그때만 해도
모두들 깜짝 놀랄 만한 실험이었죠. 작은
건물을 하나 빌려서 일 층에는 극장을 두고,
이 층에서 같이 먹고 자고 하면서 공연도
같이 만드는 일종의 꼼뮨 같은 형태였어요.

피터가 말하는 동안 앨리스가 다시 등장해서 천천히 무대
상단을 가로지른다.

하와이   아, 꼼뮨요.

앨리스   쉿!

피터   (이번에는 얼른 주변을 둘러본다. 앨리스가
퇴장하는 뒷모습을 본다) 아,

하와이　　　선생님?

피터　　　　예?

하와이　　　꼼뮨을 만드셨다고요,

피터가 새삼 방 안을 둘러보다가 침대 쪽을 주시한다. 때마침
젊은 피터가 침대에서 일어나 욕실로 들어간다. 피터가
이 모습을 지켜본다.

하와이　　　선생님?

피터　　　　예? 아, 예⋯

하와이　　　그 저, 꼼뮨이라면 그게 저 빠리꼼뮨,
　　　　　　공산당 해방구 뭐 이런 거 아닙니까?

욕실에서는 젊은 피터가 소변을 보는 소리가 (아주 낮게!)
들린다. 피터는 이 소리를 의식하고 있다.

피터　　　　예? 아, 아뇨, 그런 거 아닙니다. 말이
　　　　　　코뮤니즘 비슷해서 그렇게 들리나 본데⋯
　　　　　　아, 그리고 제가 꼼뮨이라고 한 그건 좀
　　　　　　과장된 표현이고, 아무튼 같이 살고 같이
　　　　　　일하고 그랬죠. 춥고 배고프긴 했지만
　　　　　　그래도 극단으로서는 꽤 성공적이었습니다.
　　　　　　예. 나름대로 평가도 받았고요. 하워드
　　　　　　다 실바라고, 나중에 할리우드에서 유명한
　　　　　　배우가 된 사람도 그때 같이 했었죠.

하와이   아…

피터   다 실바가 고, 공산주의자라고 하는
         사람들이 있는데,

하와이   공산주의자요?

욕실에서 물소리가 들린다.

피터   예? 아, 하워드. 그게 저, 다 몰라서 하는
         소리고, 그 사람은 그냥 배우예요. 나중에
         매카시 때 그렇게 몰려서 고생을 하긴
         했지만, 천생 배웁니다. 배우들이 원래
         그렇게 이상주의적이에요.

하와이   이상주의라… 젊었을 때야 다 그렇죠.
         참, 선생님 해방 직후에 오셨을 땐 무슨
         일로…?

피터   제가 해방 전에 미군 오에스에스라고,
         특수전 첩보부대에 입대해서 해방 당시에는
         중위였죠. 육군 중위.

하와이   예?

젊은 피터가 화장실에서 나와 침대에 가서 눕는다. 피터가
그 움직임을 의식한다. 피터가 일어나서 서랍장으로 가 샘플
양주를 한 병 더 꺼내 선 채로 침대 쪽을 바라보며 마신다.

피터   육군 중위로 왔다고요. 미군 군정청

정보부대 소속으로.

하와이 아이고, 미군 오에스에스 중위였으면 파워가
엄청나셨겠네. 아니, 근데 왜 그렇게 금방
다시 돌아가셨어요? 계속 버티셨으면
여기서 한자리 꿰차고, 그랬으면 그 뭡니까,
미국 돌아가서 괜히 의회 무슨 위원회에서
조사받고 그 고생을 하지 않으셔도 됐을 거
아닙니까.

피터 어, 그건 어떻게…

하와이 아, 그게 저, 어떻게 된 거냐믄, 제가
한 다리 건너서 아는 사람 중에 선생님과
함자가 같은 이가 있습니다. 피터 현.
이 양반 큰형님이 현봉학이라고, 흥남 철수
때 미군을 설득해서 피난민 십만 명을 싣게
했다는 유명한 의삽니다. 아무튼 이 양반이
전에 미국으로 유학을 갔는데, 어느 날
에프비아이가 오더니 당장 꺼지라고, 차에다
실어서 공항에 갖다 버리더라는 겁니다.
끽소리 못 하고 쫓겨났는데, 나중에 알고
보니까 자기와 동명이인이 공산주의자로
조사를 받은 적이 있더라, 이렇게 된 거죠.

피터 …하지만 저 거기서 불기소 판정을
받았습니다.

하와이 아, 예…

하와이의 몸에서 칙칙거리는 무전기 소리가 난다.

(소리)　　　신 과장님, 신 과장님,

하와이는 못 들은 척하고 가만히 앉아 있다. 피터는 긴장한다.

하와이　　　근데 뉴욕에 있을 때 일하셨다는 연방극장
　　　　　　프로젝트라는 거 말예요,
피터　　　　그건… 어떻게 아셨죠?
하와이　　　아이고 선생님도 참, 아까 선생님께서
　　　　　　말씀하셨잖습니까.

하와이의 몸에서 다시 칙칙거리는 무전기 소리가 난다.
하와이는 여전히 못 들은 척하고 앉아 있다.

(소리)　　　신 과장님, 신 과장님,
피터　　　　… 누가 무전기에서 계속 찾지 않습니까.
하와이　　　예? 무전기라뇨?
피터　　　　신 과장님, 신 과장님, 이렇게…
하와이　　　오늘 정말 무리하셨나 보다. 술은 이제
　　　　　　그만하시는 게…
피터　　　　아니, 그게 아니구요,
하와이　　　현피터 선생님, 저 김갑니다. 과장이 아니라
　　　　　　사무관이고요. 아, 과장 좋죠. 근데
　　　　　　저 지금 과장이라 그러면 사칭이에요.

그리고 공무원이 직급 사칭하면 바로
모가집니다. 큰일 날 말씀을 하시네. 아까
명함도 드렸는데요.

피터   예. 기억합니다. 국가보훈처 김진홍
사무관님.

하와이   아니 그런데 왜,

피터   계속 신 과장님을 찾는 소리가 들리고
있잖습니까?

하와이   어디서 말씀입니까?

피터   신 과장님 바지 뒤춤 어딘가에서 나는 것
같습니다만.

하와이는 고개를 숙이고 가만히 앉아 있다가 자기 셔츠를
돌아본다.

하와이   하… 제가 사실은…

피터   … 예.

하와이   이 옷을 오늘 낮에 일부러 미도파백화점
가서 샀습니다. 남대문시장에 갔다가
없어서… 선생님이 하와이에서 오신다고
들었거든요.

피터   하와이에선 옛날에, 해방 전에
살았댔습니다. 지금은, 지금은…

피터가 고개를 파묻는다.

하와이   선생님?

사이.

하와이   그럼 밤도 늦었는데 그만 쉬십시오. 내일
           아침에 모시러 오겠습니다.

하와이가 인사를 하고 방문을 나선다. 피터가 고개를 들고 그
모습을 노려본다. 옆방 문에 열쇠를 넣고, 열고, 닫는 소리가
들린다. 피터는 옆방과 붙어 있는 벽에 귀를 바싹 대고 듣는다.
"누가 무전 때리랬어!" 하는 따위의 소리가 희미하게 들린다.
피터가 갑자기 짐 가방을 싸기 시작한다.

피터   (서랍장에서 유분함을 꺼내서 들고 온다) 역시
           오는 게 아니었어요. (사이) 빠져나가야 돼.
           음모야. 빠져나가야 돼. (젊은 피터의 모습을
           본다. 다가가지만 차마 손을 대지는 못한다)
           이보시오, 이보시오, 당신 누구요? 왜 여기
           있는 거요?

옆방에서 음악 소리가 들린다. 피터가 벽에 가서 귀를 댄다.
소리가 점점 커진다. 북한 방송이다. 깜짝 놀란 피터가 벽에서
멀어져 방 안의 티브이를 켠다. 북한 방송이 흘러나온다.
피터가 채널을 이리저리 돌려보지만 모두 같은 내용이다.

방송	당 중앙위에서는 미제의 간첩인 박헌영과 이승엽, 이강국, 임화, 현앨리스 등 그의 도당이 성공적으로 제거된 데 대해 당 일꾼들의 노고를 치하하면서, 위대한 지도자 김일성 동지의 영도하에 사회주의 조국 건설의 길에 가일층 박차를 가할 것을 다짐하였다. 이에 영용한 인민 군대의 전사들은 죽음으로 당을 보위할 것을 결의하였다.
피터	박 선생님! 누나!

북한 방송의 행진곡이 울려퍼진다. 피터는 혼란스럽다.

피터	(정신없이 달려가 벽에 붙은 일력을 확인한다) 1975년 8월 7일 목요일. (일력을 들춰보며) 내일은 1975년 8월 8일 금요일. 오늘은 1975년 8월 7일 목요일이야. (창가로 가 밖을 내다본다) 서울, 서울… 난 오늘 아버지 어머니를 모실 국립묘지 충열대를 둘러보고 왔어. 구덩이가 파여 있었고, 그 앞에 이미 비석이 서 있었어. (유분함을 조심스럽게 테이블 가운데로 모시고 어루만진다) 내일이면 두 분 유분을 거기에 다시 모실 거야. (사이) 술을 마시지 말았어야 해. (정신을 차리려

애쓴다) 아, 오늘 저녁 약도 안 먹었군.
약이, 약이… (주머니를 뒤져서 약을 꺼내
마시던 맥주로 삼킨다.) 오늘은 1975년 8월
7일 목요일. 여기는 서울. 대한민국 정부의
초청으로 아버지를 비롯한 순국열사
열 분의 합동 안장식에 참석하기 위해
와 있는 거야. 아버지는 이 군사정권을
인정할 수 없다고 하셨지만, 그래도 조국은
우릴 받아들였어, 마침내. 걱정하지 말아,
걱정하지 말아. 신경쇠약이 좀 심해진 것일
뿐이야. (머리를 감싸쥔다) 이제 괜찮아질
거야, 괜찮아질 거야.

피터는 티브이를 끈다. 그러나 여전히 행진곡은 흘러나온다.
피터는 벽에 귀를 대고 소리를 듣는다. 피터는 잠시 망설이다가
약을 한 알 더 집어 삼키고 술을 한 병 더 마신다.

피터   (유분함을 쓰다듬으며) 죄송합니다.
          죄송합니다. 하지만 마무리를 지을 때가
          됐어요. 걱정 마세요.

피터, 침대로 가서 살펴본다. 그 자리에 누워 있던 젊은 피터는
간 데 없다.

피터   이보시오, 이보시오,

주변을 둘러보고 아무도 없다는 걸 확인한다. 자리에 눕는다.

흐느낀다.

암전.

장면 4

암전 상태에서 잔잔한 피아노 연주가 들리다가 점차 다른
악기들이 가세하면서 요란하고 혼란스러운 재즈 음악이 된다.
그 소리가 한참 이어지다가 스러지는데 신음 같은 것이 들린다.
흐느끼는 것 같기도 하고, 누구를 부르는 소리 같기도 하다.
온통 캄캄한 가운데, 침대에 누워 있는 피터의 얼굴만이
빛 속에 모습을 드러낸다. 전 장면에서 피터가 귀를 대고 있던
벽에 앨리스가 같은 자세를 한 채 옆방에서 들리는 소리를
듣고 있다. 아무 소리도 들리지 않는다.

피터   어, 어, 내 손…

피터가 잠꼬대를 하고 있다. 무대 양쪽 끝에, 무언가를 잡아
보려고 움직이는 손이 보인다. 피터의 양손이 비현실적으로
길게 펼쳐져 있는 모양새다.

앨리스   우린 사냥 당하고 있어. 베드로야, 우린
         한 사람씩 한 사람씩 사냥 당하고 있어.
         어서 여길 빠져나가야 해.
피터   누나… 내 손…, 내 손을 잡아… 누나…
         (흐느낀다)

무대 전면이 희미하게 밝아지면서 하와이의 실루엣이 보인다.
하와이의 뒤쪽으로 검은 옷을 입은 사내 둘이 서 있다.

하와이　　　피터, 피터. 생긴 건 영락없는 엽전인데
　　　　　　이름에만 빠다를 발랐네. 피터 현. 현피터.
　　　　　　한국 이름은 없소?

피터　　　　베드로… 누구나 다 베드로라고
　　　　　　불렀습니다.

하와이　　　베드로… (위협적이지만 장난스럽게. 옛날식
　　　　　　말투를 흉내내서) 베드로야, 해가 뜨기 전에
　　　　　　네가 나를 세 번 배신하리라… 허허.
　　　　　　자, 놀리려는 게 아니고, 베드로가 그렇게
　　　　　　제대로 배신을 하고 난 다음에야 제대로
　　　　　　베드로가 됐다는 걸 기억합시다.

앨리스　　　베드로야, 박 선생님이 잡혀 가셨어.

피터　　　　누나…

하와이　　　1906년 카…우아이 생. 카우아이가 어디요?

피터　　　　하와이에 있습니다. 하와이에서 제일 북쪽에
　　　　　　있는 섬입니다.

하와이　　　그리고는 첫돌도 되기 전에 바로 돌아왔군.
　　　　　　본적지는 현재의 중구 정동. 거긴 외국인
　　　　　　동네였는데? 정동에 살았어요?

피터　　　　아버지가 삼일운동 직전까지 정동교회에서
　　　　　　목회를 하셨습니다.

49

하와이	그후로는?
피터	상해로 가셨죠. 저희도 곧 따라갔습니다.
하와이	거기서 박헌영이를 만났겠군.
피터	…
하와이	만났잖아.
피터	거기서…
앨리스	박헌영 선생님, 이승엽 동지, 이강국 동지, 임화 동지가 잡혀갔는데, 아무 소식이 없어. 벌써 이 년째야.
하와이	그러고 상해 있을 때 그때 벌써 박헌영이하고 당신 누나 현앨리스하고 그렇고 그런 사이였잖아. 응? 아냐? 다 알고 하는 소리야.
피터	우린 그때 다들 어렸어요. 좌익, 우익을 막론하고 어른들은 모두 위대한 분들이었고요. 이국에서 몰려다니면서 조선 노래를 부르고, 조선 역사를 배우고 하는 게 좋았어요. 아버님은 모든 어른들을 똑같이 존경하고 본받으라고 하셨어요.
하와이	빨갱이도!
피터	아버님은 독립을 향한 두 가지 길이라고 하셨어요. 두 가지 길 중 조선 인민과 세계인의 마음, 즉 민심을 움직이는 길이 결국 이길 것이고, 민심을 움직이려 애쓰는 그 과정이 곧 독립운동의 길이라고

	하셨어요.
하와이	그래서 해방 후에 군정청 직원으로 오자마자 박헌영이하고 여운형을 만나러 다녔나?
피터	민심을 살피는 게 내 주임무였습니다.
앨리스	쉿!
하와이	우리 첩보에 의하면 말이야, 당신과 당신 누나 현앨리스, 두 사람 모두 1945년 가을 겨울에 박헌영을 각자 삼 회 이상 만났단 말이지. 특히 현앨리스는 미국 공산당의 미군 내 세포 제플린, 프리쉬, 클론스키 등과 조선공산당을 연결하는 가교 역할을 했고. 또한 군정청 서신검열부 책임자로 일하면서 공산주의자들을 잔뜩 고용해서 부서 업무 전체를 아주 성공적으로 사보타주 했고. 그래도 빨갱이가 아니라고 주장하는 건가?

무전기가 칙칙거리는 소리가 들린다. 하와이가 뒤춤에서
무전기를 꺼내 받는다.

(소리)	신 과장님, 신 과장님,
하와이	왜?
(소리)	미군에서 당장 현피터의 신병을 넘기라고 난립니다.

하와이	누가?
(소리)	하지 중장이 직접 명령을 내렸답니다.
하와이	그놈들이 빨갱이를 제대로 다뤄보기나 했나.
(소리)	현앨리스와 현피터 둘 다 내일자로 미국으로 강제 송환시킨답니다.
하와이	하여간 미국 놈들 일 복잡하게 해. 그냥 푸대에 담아서 인천 앞바다에 던져 넣으면 될 일을 가지고.

피터는 마치 양팔이 묶여 있는 것처럼 불편해 보인다. 움직여
보려 애쓴다. 그때마다 무대 양쪽 끝에 각각 하나씩 드러나
있는 두 손이 꼼지락거린다. 피터는 심리적으로 묶여 있는
것이다.

피터	강제 송환이라뇨! 전 대한민국 정부에서 제 아버지 현순 목사를 건국유공자로 국립묘지에 안장시켜 준다고 공식 초청을 받고 온 사람입니다!
하와이	이자가 아직도 정신을 못 차렸군. 다시 한 번 묻겠소. 조선엔 왜 온 거요?
피터	조선이라뇨?
하와이	박헌영이 만나서 뭘 도모하겠다는 거냔 말야? 일단 문화예술계 일각에 공산주의 해방구 꼼뮨을 만들려 한 건가?
피터	예?

하와이	당신이 미군 신분으로 온 거 위장전술이라는 거 다 알아. 군정청 직원의 위세를 이용해서 남로당의 활동 공간을 확보하겠다는 통일전선 전술 아냐. 궁극적으로는 조선공산당이 한반도에 단일 정부를 수립하겠다는 것이고!
피터	아니 도대체 이게 무슨…
앨리스	다 틀렸어. 베드로야, 박 선생님 가족들도 모두 체포됐어. 이제 끝이야.
하와이	시간을 끌어 보겠다…, 이 빨갱이 자식아, 내가 널 곱게 미국 놈들 손에 넘겨줄 거 같아? 아무래도 거꾸로 매달려봐야 정신을 차리겠구만!

하와이, 피터가 누워 있는 침대를 돌려 거꾸로 세운다. 피터가 공포의 비명을 지른다. 무대 양쪽 끝에 보이는 양손이 격렬하게 퍼덕인다. 무대의 다른 쪽에서 양복을 차려입은 대머리의 실루엣이 보인다. 미국인 변호사 알 와이런이다.

대머리	미스터 현, 변호사 알 와이런입니다. (서류를 뒤적이며) 아, 이거 참 까다로운 케이습니다. 상대가 과거와는 달라요. 단순한 수사기구가 아니라 미합중국 하원이에요. 적당히 넘어갈 수 있는 상대가 아녜요. 지금 미스터 현은 한국에서 근무하던 시기에 공산당의

영향하에 군정청의 방향에 반하는 활동을
했고, 귀국 후에도 적극적으로 공산당의
활동에 참여했다는 혐의를 받고 있어요.
하원의 비미국적 행위 조사위원회에서는
끊임없이 질문을 던질 겁니다. 처음에는
묻는 질문에 대답을 하다가 특정 활동에
관련해서 나오는 질문에만 대답을 거부하면
의회모독죄에 해당합니다. 한 번 대답하기
시작하면 계속 대답해야 돼요. 다시 말해서,
어떤 식으로든 대답을 하기 시작하면 어떤
식으로든 엮여 들어갈 수밖에 없게 되는
겁니다. 자, 예상 질문을 내볼까요?

하와이   (신호를 보내 피터를 다시 바로 세우게 한다)
서울엔 언제 들어왔소?

피터   그러니까 그게 1945년 9월인데 서울이
아니라 원주로 발령을 받았…

대머리   (대답이 끝나기도 전에 다음 질문을 던진다)
주소는?

피터   주소 말입니까? 그게 워낙 오래전 일이라…

하와이   거기서 누굴 만났소?

피터   제가 연극을 했으니까 관심이 있어서 주로
예술계…

대머리   서울엔 언제, 왜 왔소?

피터   그거야 군정청에서 그렇게 발령을 내서…

대머리   서울에선 누굴 만났소?

피터	역시 마찬가지로 주로 연극계 인사들을…
대머리	박헌영은 왜 만났소? 여운형은?
피터	대답했잖습니까, 일상 업무였습니다.
하와이	일상 업무? 빨갱이들을 만나는 게?
피터	그건… 그분들도 남한에서 합법적인 정당활동을 하고 있던 상황인 데다 과거 상해에서의 인연도 있고…
하와이	만나서 무슨 얘기를 했나요?
대머리	자, 이런 식으로 질문들이 끝도 없이 이어지다가 결국엔 이 질문이 나올 겁니다.
하와이	너 공산당이지? 그때 박헌영이를 만나 남로당에 가입했잖아?
피터	제가 서울에 가 있을 땐 남로당은 있지도 않았습니다. 남로당은 이듬해 십일월에 만들어졌어요.
하와이	공산당 당사에 대해서도 빠삭하구만. 조선공산당이나 남조선노동당이나 다 박헌영이가 만든 공산당 아냐! 너 거기 당원으로 가입했잖아!
대머리	피터 현 씨, 미국 공산당에 가입한 적이 있습니까?
피터	저, 저는…
대머리	자, 잘 들으세요. 만약 이 질문에 "예"라고 대답하면, 피터 현 씨는 스미스 법에 저촉되고, 그렇게 되면 무력으로 미국

정부를 전복시키려 한 혐의로 자동기소될
겁니다. 법원에서는 거의 예외 없이 중형을
선고받게 될 거고요. 그럼 "아니오"라고
대답하면 어떻게 될까요?

하와이　요시, 자, 당신하고 나하고 같이 도달해야
할 지점이 있어. 걸어가면 하룻길이라고
치자고. 자, 지금 당신 태도는 한 걸음
앞으로 갔다가 두 걸음 뒤로 물러가는
식인데, 이래 가지고 언제 가겠어. 당신이
이렇게 지르박 스텝만 밟고 있으면 내가
억지로 질질 끌고 가는 수밖에 없어요.
그렇게 할까? 응? 아니면 어차피 가야 할
길인데 그냥 택시 타고 갈까. 이렇게 말하면
말귀를 좀 알아듣겠나? 자, 순순히 인정을
하세요.

피터　(하와이에게) 아닙니다!

대머리　피터 현 씨가 아니라고 부인하면,
위원회에서는 증인들을 데리고 나올 겁니다.
당신을 공산당 회합에서 봤다고 증언할
사람들, 어쩌면 피터 현 씨가 틀림없는
공산당원이라고 증언하는 사람들도 나타날
거요.

피터　그런 증인이 있을 리 없어요.

대머리　하! 어떻게 해서든 차이나 맨을 쫓아내고
싶어 하는 사람이 타운마다 회사마다

	적어도 열 명은 될 거요. 증인은 얼마든지 만들 수 있어요. 그러면 위원회에서는 피터 현 씨한테 위증죄를 씌워서 감옥으로 보낼 겁니다. 이래도 저래도 끝은 교도소예요.
하와이	그래서, 박헌영이하고 같이 북으로 들어갈 계획이었나?
피터	그건 또 무슨…
하와이	같이 북으로 들어가서 남북 공산당과 미국 공산당을 잇는 작업을 하려고 했던 건가?
피터	당시에 조선공산당은 군정청에서 인정한 합법 정당이었어요. 전 아무런 불법 활동도 한 적이 없습니다.
하와이	아니면, 군정의 안팎에서 조응해서 군정을 교란, 무력화시키고 전국에서 동시다발적으로 폭동을 일으켜 남한에 혁명적 정세를 조성할 것을 논의했나? 네 누나 현앨리스는 결국 제삼국을 거쳐서 월북했잖아. 너도 그렇게 할 계획이었던 거 아냐! 거기에서 교육을 받고 남한으로 내려와서 활동을 하겠다는 계획이었잖아.
피터	(와이런을 향해) 와이런 변호사님,
대머리	그러니까, 이름과 주소까지만 확인해 주고 난 다음에는 바로 입을 다무는 게 상책이라는 겁니다. 아무 말도 하지 마세요.
피터	입을 다문다고요.

대머리	처음부터. 끝까지. 기소를 면하기 위해서 묵비권을 행사할 권리가 미합중국 헌법 수정조항 제5조에 기재돼 있어요. 이건 시민이 국가에 맞서서 자기를 지킬 수 있는 근본적인 권리이기 때문에 따로 결정적인 증거를 찾아내지 못하는 한 의회에서도 어쩌지 못합니다.
하와이	소공동 당사까지 찾아가 박헌영이를 만나서 무슨 얘길 했냐고!
피터	(하와이를 향해) 미합중국 헌법 수정조항 제5조에 근거해서 그 질문에 대해 대답할 것을 거부합니다.
하와이	이 자식이 대한민국 중앙정보부를 뭘로 보고 미합중국 타령이야!
피터	변호사님! 와이런 변호사님!
하와이	내가 빨갱이만 다룬 게 삼십오 년이야! 말해. 여긴 왜 온 거야? 이 빨갱이 새끼! 북에서 무슨 지령을 받고 들어온 거야? 독립운동한 아버지 이름 팔아서 김대중이한테 선을 대라고 하던가?
피터	전 대한민국 정부 초청으로…
대머리	쉿! 온갖 유도심문이 이어질 겁니다. 무슨 말을 하든 결국엔 불리하게 작용된다는 걸 기억하세요!
피터	저는 기소당할 위험으로부터 자신을

보호하기 위해 묵비권을 행사할 수 있다고
규정한 미합중국 헌법 수정조항 제5조에
근거해서 그 질문에 대해 대답할 것을
거부합니다.

하와이   이 자식이 정신이 나갔나. 여기가
미합중국이야? 여긴 영명하신 김일성
주석동지께서 주창하신 주체사상의 깃발
아래 온 인민이 대동단결해서 자주적이고
주체적인 조선의 새로운 역사를 열어젖히고
있는 조선인민공화국임메. 이 종간나 새끼.
미제의 간첩 박헌영이와 모의해서 위대하신
수령을 모살하고 공화국을 미제의 손에
갖다 바치겠다는 의도로 들어왔다는 사실을
빨리 자백하란 말이다!

하와이가 피터의 입에 손가락을 넣어 양쪽으로 찢으려 든다.
양쪽 무대 끝에 고립돼 있는 양손이 격렬하게 퍼덕거린다.

하와이   (앨리스를 가리키며) 저년도 매달으라우!
피터   안 돼, 하지 마! 누나를 건드리지 마!
하와이   현앨리스. 미제의 간첩, 박헌영의 첩.
누나는 간첩질을 하러 북에 들어갔고
동생은 간첩질을 하러 남에 들어왔고,
오누이가 아주 첩첩산중이구만.
피터   앨리스 누나는 독립운동가 아버지의

자식으로서 평생 조국의 독립과 인민의
해방을 위해 일해 왔어요. 누나는 남쪽에서
쫓겨났기 때문에 북으로 갔을 뿐입니다.

하와이   오, 그럼 네놈도 여기서 쫓겨나면 바로
북으로 가겠구나. 매달아!

검은 옷들이 달려들어 앨리스를 매단다.

앨리스   아악!
피터   누나!
하와이   당신 지금 대한민국에 잠입한 이유가
뭐야?! 베를린의 북한 대사관으로부터
지령을 받고 김대중이 접선하러 들어온 거
아냐!

피터가 비명을 지르며 깨어난다. 하와이와 대머리, 앨리스
그리고 무대 양쪽의 두 손이 모두 사라진다. 가위에 눌렸던 듯,
피터는 깨어나서도 잠시 정신을 가누지 못하다가 자기 손과
손목, 입 주변을 주무른다.

피터   누나… 휴…, 웬 꿈도…

피터가 자리에 일어나 앉는다. 몸이 땀에 젖어 있다. 피터는
일어나서 자기 시계를 보고, 다시 한 번 일력을 확인한다.
일력을 한 장 찢는다. 1975년 8월 8일 금요일이다.

피터   1975년 8월 8일 금요일. 서울. 그렇지, 여긴
서울이야. 서울.

냉장고를 뒤져서 물을 마신다. 숙취가 있다. 괴롭다. 유분함을
쳐다본다. 민망하다. 서랍장 위에 갖다 올려놓는다. 테이블
위에 술병이 널려 있다. 한숨을 푹 쉬고 술병들을 쓸어서
쓰레기통에 버린다.

장면 5

피터는 꿈을 떨쳐버리기라도 하려는 듯 창문을 활짝 열고
티브이를 켠다. 텅 빈 화면. 채널을 여기저기로 돌려본다.
모두 마찬가지다. 화면조정용 화면이 나오는 채널도 있다.
아직 방송이 시작되려면 먼 시각이다. 피터는 티브이를 끄고
라디오를 켠다. 가곡 「비목」이 흐른다. 피터는 웃옷을 벗어
몸의 땀을 닦는다. 여행 가방을 뒤져 새 속옷을 꺼내 들고
목욕탕으로 간다. 물소리. 그리고 라디오에서 흘러나오는
노랫소리. 젊은 피터가 침대에서 일어난다.

젊은 피터   어유 잘 잤다. 오늘도 푹푹 찌려는
              모양이구만. 가만있자, 새 작품 대본이…

젊은 피터는 즐겁게 휘파람을 불며 침대 옆에 떨어져 있던
대본을 집어든다.

젊은 피터   여기 있군. (대본을 뒤적거린다. 펜을 집어들고
              대본에 메모를 한다) 억압적인 군주 비버와
              장군들, 억압받는 비버들을 도우려다
              오히려 곤경에 처하는 아이들 그리고
              비버들을 이끌고 봉기를 일으키는 보통

비버 오크리프와 지식인 비버. 결국 외부
양심적인 세력의 도움을 받아 군사 독재에
대항하는 지식인-민중 연대에 대한 이야기.

피터가 새 속옷을 입고 목욕탕에서 나온다. 여전히 숙취로
시달린다. 피터는 노래를 들으면서 창가로 가서 상체를 내밀고
밖을 내다본다. 피터와 젊은 피터는 서로의 존재를 의식하지
못한다.
젊은 피터가 대본을 내려놓고 목욕탕으로 들어간다.
노래가 끝난다.

아나운서   한명희 작시, 장일남 작곡의
           「비목」이었습니다. 요즘 장안의 화제가
           되고 있는 티비시 동양방송의 드라마
           「결혼행진곡」의 히로인 장미희 씨가
           좋아하는 곡으로 소개되고 있죠.

피터는 침대로 돌아와 옆에 놓여 있는 신문을 집어든다.
목욕탕에서 다시 물소리가 난다. 피터는 의아한 표정으로
목욕탕 가까이 가서 귀를 기울인다.

아나운서   요즘 가정에서도 직장에서도 "죽겠네",
           "아, 인생무상", "바쁘다 바빠" 이런 말들
           많이 들으시죠? 직접 하시기도 한다고요?
           예에, 저희 티비시 동양라디오의 자매 방송

티비시 텔레비전의 드라마 「결혼행진곡」이
그만큼 장안의 화제가 되고 있습니다. 방금
들으신 아름다운 우리 가곡 「비목」도
이 드라마 덕분에 유명해졌지만, 무엇보다,
이 아름다운 가곡이 그리고 있는 이름 없는
전사자의 무덤, 안타깝지만 조국을 위해
기꺼이 숨져간 영령들을 한순간도 잊지
말아야 하겠습니다.

아나운서의 말이 끝날 무렵, 목욕탕의 문이 열리면서 젊은
피터가 수건으로 머리를 말리며 걸어나온다. 피터가 옆으로
얼른 숨는다. 젊은 피터는 침대 머리에서 대본을 집어들더니
창가에 서서 머리를 말리며 대본을 들여다본다. 피터가 그런
젊은 피터의 모습을 유심히 쳐다본다. 젊은 피터가 고개를
돌리다가 두 사람의 시선이 마주친다.

두 피터   워우!

두 사람이 공격할 틈을 엿보는 맹수들처럼 일정한 간격을 두고
빙글빙글 돌며 서로를 관찰한다.

젊은 피터   누구세요?… 아, 아버지?
피터   (자기 얼굴을 만져본다) 아버지?
젊은 피터   아, 물론 아니죠. 몇 년 새에 이렇게
            늙으셨을 리가 없지… 아버지 친척이신가

봐요?

피터   아니, 저… 저기, 이름이…

젊은 피터   제 이름요? 이름도 모르면서 어떻게
               찾아오셨대요?

피터   아냐 아냐, 잠깐만, 잠깐만…

피터가 한참 젊은 피터의 얼굴을 쳐다보고 있더니 돌아서서
눈을 감는다.

피터   (혼잣말로) 역시 과음했어. 잘한다 아주.
               시차 적응도 안 된 주제에 먹지 말라는
               술이나 처먹고.

다시 눈을 뜨고 돌아본다. 젊은 피터가 앞에 서 있는 모습이
보인다. 피터는 책상에 가서 머리를 감싸쥐고 앉는다. 젊은
피터는 그런 모습을 잠시 지켜보다가 침대에 가서 주저앉아
대본을 집어든다.

젊은 피터   (혼잣말로) 아니 머릴 싸맬 사람은 난데
               왜… (피터에게) 친척 어르신이신 거
               같…은데, 몰라봬서 죄송합니다. 그리고
               이렇게 일부러 찾아와서 걱정해주시는 건
               감사한데요. 그래도 저, 아무리 이러셔도
               연극 포기 못 합니다. 죄송합니다.
               물론 아버지가 걱정하시는 거 이해는

가요. 아버지는 이십 대 때 벌써 조선과
하와이를 왔다 갔다 하면서 독립운동을
하시고 목회까지 하셨는데, 전 벌써 십
년 가까이 별 성과도 없이 이러고 있으니
답답하시겠죠. 하지만 이제 정말, 거의 다
왔어요. 이제 막 저— 끝에 빛이 보이기
시작하고 있어요.

피터가 젊은 피터를 쳐다본다.

젊은 피터   그러니까요, 제발 그렇게 좀 전해주세요.
             지난번에 아버지 재당숙이라는 영감님
             오셨을 때도 말씀드렸지만, 연극을 통해서도
             조선 독립과 인민 해방을 위해 할 수 있는
             일이 얼마든지 있어요. 아니, 오히려 더
             폭넓게 일할 수 있어요.
피터   이것 보게, 지금 문제는 그게 아니고,
젊은 피터   그럼 뭐가 문젠가요?
피터   그게 저…
젊은 피터   아버지 부탁으로 오신 거잖아요. 저 좀
             설득해서 집으로 내려 보내라고. 아닌가요?
피터   아니, 그게 아니고…
젊은 피터   (희망을 품는다) 아니에요?

피터는 젊은 피터를 꼼꼼히 살펴본다. 손을 뻗어 젊은 피터의

얼굴을 만지려 하기까지 한다.

젊은 피터   (손길을 피한다) 아이고, 저, 어르신, 아하하,
            이거 참…
피터   자네가 정말 피터가 맞는 건가? 피터 헌?
            베드로?
젊은 피터   저, 어르신…, 하하…, 다 좋은데 이제
            장난은 그만하셨으면 좋겠어요. 앞으로
            두 달은 제 인생에서 정말 중요한 시기고,
            제가 집중해서 해야 할 일이 있거든요.
            아버지 어머니가 걱정하시는 건 알겠는데요.
            저 이제 정말 희망이 보이기 시작하고
            있어요. 연극 시작하고 팔 년 만에, 이제
            저— 끝에 빛이 보이기 시작했다고요.
피터   (대본을 본다) 비버들의 봉기?
젊은 피터   예, 맞습니다. 아주 대형 작품이죠.
피터   맙소사… (휘청거린다. 젊은 피터가 부축해서
            자리에 앉힌다)
젊은 피터   괜찮으세요? (골치 아프다…)

사이.

피터   폴, 메리, 교수, 오크리프, 대장, 장군들…
젊은 피터   이 작품을… 아세요? 아니, 어떻게 아세요?
            아직 공개되지도 않은 작품인데?

67

피터	오마이갓. 지저스 홀리 크라이스트…
젊은 피터	… 아니 이게…, 저… 정말 누구시죠? 아버지 친척분 아니세요?
피터	진짜로 피터 현이란 말이지? 현순 목사의 아들, 앨리스와 엘리자베스의 동생, 데이비드와 폴의 형. 카우아이 고등학교 풋볼 팀의 쿼터백. 한때 신학을 공부했고,
젊은 피터	예…
피터	음… (혼잣말로) 생각을 해야 돼. 생각을. 차근차근… 자, 서울에 오기 전까지만 해도 난 아주 멀쩡했거든.
젊은 피터	서울이오?
피터	(혼잣말로) 엘에이 공항을 떠날 때, 김포에 도착했을 때, 그 이후의 환영 행사며 국립묘지의 이장지며 내일 세워질 비석의 문구며 그대로 다 기억하고 있단 말이지.
젊은 피터	아니, 지금 도대체 무슨 말씀을 하시는 건지…
피터	(혼잣말로) 단기 기억이 다 멀쩡하단 말이야, 그러니까, 그게 무슨 소리냐면,
젊은 피터	예,
피터	내가 노망이 난 게 아니란 거지. 그럼 이게 도대체 어찌된 거냐…, 약. 약. 아직 식전이지만. (가방에서 약을 꺼내 삼킨다) 약만 계속 먹으면 악화되지는 않을

거랬는데 어째 점점 더 심해지나. 헛것이 다
보이고. (두 손으로 눈을 부비더니 눈을 감고
머리를 감싸안는다)

젊은 피터   부탁입니다. 용건이 있으시면 빨리 말씀해
주시고, 아니면 좀 나가주셨으면 좋겠어요.

피터   그렇지, 「비버들의 봉기」를 처음 받아든
때가 36년이었으니까, 서른 살. 맞지?

젊은 피터   글쎄, 지금 그게 중요한 게 아니고요…

피터   이게 중요하지 않다고? 지금 이게 중요하지
않다고? 지금 내가 자네고 자네가 난데,
이게 중요하지 않으면 그럼 뭐가 중요해?

젊은 피터   무슨 말씀이세요? 제가 선생님이고
선생님이 저라뇨?

피터   아, 그렇지. 메이 사튼. 메이 사튼. 1930년에
보스턴에서 처음 만나 바로 작년까지 무려
육 년 동안을 마음속에 품고 있었지만
어쩔 수 없이 떠나보낸 그 아가씨! 아버지
어머니도, 형제들 누구도 그 존재를 모르는
사람!

젊은 피터가 대본을 떨어뜨린다.

피터   … 어… 미안하네.

피터가 대본을 집어 주려 하는데, 젊은 피터가 집어든다.

젊은 피터	메이를… 아신다고요.
피터	메이를… 알지. 메이 사튼.
젊은 피터	어, 어떻게…
피터	나도 그게 궁금한 참이야.

젊은 피터가 침대로 가 걸터앉는다.

피터	미안하네.
젊은 피터	뭐가요?
피터	… 메이 사튼.
젊은 피터	(화제를 돌린다) 선생님이 저이고, 제가 선생님이라고요?
피터	… 그런 거 같아. 아무래도.
젊은 피터	그러니까, 선생님이 미래로부터 온 시간여행자라고요? 마크 트웨인이나 H. G. 웰스의 소설에서처럼요.
피터	아니면 자네가 내 과거로부터 왔든가.
젊은 피터	아무튼 선생님이 미래의 저이고요.
피터	우리 둘 중 누가 어디서 왔든 그 사실에는 변함이 없겠지.
젊은 피터	하하! 재밌네요. 만약 그렇다면, 그럼 한 가지만 여쭤볼게요. (대본을 들어 보이며) 이 공연 어떻게 되죠? 작품은 아주 재미있어요.

피터	재미있지. 물론 손을 좀 봐야겠지?
젊은 피터	물론이죠. 대사들을 좀 쳐내야 할 거 같고.
피터	내 기억이 맞다면, 너무 기계적인 대사들이 많지. 좀 장황하고.
젊은 피터	예, 맞아요.
피터	조연급 인물들 성격이 비슷비슷하다는 문제가 있고.
젊은 피터	예, 그것도 문제예요. 비버들.
피터	한 놈 한 놈한테 독특한 성격을 부여하는 게 좋겠지. 그리고,
젊은 피터	그리고, 작은 갈등들을 좀 더 강하게 부각시켜야 될 거고요. 이건
두 피터	체홉이 아니니까 / 체홉이 아니니까요.

두 사람이 마주본다.

피터	… 자네가 보스턴에서 올린 「바냐 아저씨」 는 훌륭했어.
젊은 피터	… 압니다. …근데 이 작품은 어떻게 되나요? 성공하나요?
피터	어… 그럼. 물론이지. 그런데 문제는 그게 아니고,
젊은 피터	저한테는 지금 이거 이상으로 중요한 문제가 없어요. 드디어 제 인생에 돌파구가 생기는 거예요.

피터	…
젊은 피터	그렇…지 않나요?
피터	…
젊은 피터	그런데 왜 '자네의 바냐 아저씨'라고 하시죠? 본인이 저라고 주장하시면서.
피터	그건… 연극이 더 이상 내 인생이 아니니까.
젊은 피터	(피터를 아래위로 훑어본다) 그러고 보니 그렇게 형편이 좋아 보이진 않는군요. 머리도 좀 성글어지고. 연극으로 성공하진 못했나 봐요.
피터	하지만 여전히 지적이지. 약간의 우울증과 신경쇠약 증세만 빼고는 건강하고. 지금 일어나고 있는 일로 봐선 꼭 그런 것 같지도 않지만. 아무튼 지금 가능성은, 첫째, 내가 꿈을 꾸고 있다. 이건 아닌 거 같고. 둘째, 내가 환각을 보고 있다. (다가가서 젊은 피터를 만진다. 젊은 피터도 조심스럽게 피터를 만진다. 만져진다) 그러기에는 너무 생생한 거 같고. 셋째, 음… 도플 강어라는 말 들어봤나? 가만, 내가 이걸 물어볼 이유가 없지. 자네는 그 말을 몰라. 왜냐면 이건 십여 년 전에 내 가게에 노상 참수이를 먹으러 오던 어떤 히피한테서 처음 들었던 말이거든.
젊은 피터	도플 강어요?

피터	응. 도플 강어. 이게 뭐냐면,
젊은 피터	잠깐!
피터	응?
젊은 피터	만약 선생님이 저라면, …그리고 도플 강어에 대해선 선생님의 현재로부터 십여 년 전, 그러니까,
피터	1965년쯤이지. 65년의 로스앤젤레스.
젊은 피터	로스앤젤레스요? 왜 뉴욕을 놔두고 거기로 갔어요? 뉴욕에서 자리잡는 데 실패했나요?
피터	스토리가 길어. 술도 안 먹고 꼭두새벽에 얘기하기엔.
젊은 피터	술을 드세요? … 많이?
피터	어… 아니 뭐, …그렇게 됐네.
젊은 피터	그렇군요. 아무튼, 제가 1965년에나 알게 될 걸 지금 미리 안다면 뭔가 이상한 문제가 생기는 거 아닐까요?
피터	그런가? 그렇군. 일리가 있는 생각이야. 그럼 우린 서로 아무 말도 하지 말아야겠군.
젊은 피터	우리 둘 중 하나가 사라질 때까지 기다리면서요.
피터	그렇지.
젊은 피터	자연스럽게 나타났으니 자연스럽게 사라지도록.

두 사람이 멀어져서 서로 등을 돌리고 선다.

사이.

젊은 피터	저기… 메이 말예요,
피터	…
젊은 피터	이대로 끝인가요?
피터	…
젊은 피터	아직도… 기억은 나세요?
피터	… 웅. 아내한테는 미안한 일이지만. 매일.
젊은 피터	결혼을 하는군요.
피터	웅. 그것도 두 번. 흐흐
젊은 피터	(혼잣말로) 더러운 늙은이.
피터	들었어.
젊은 피터	그거 말예요, 도플 강어?
피터	도플 강어. 평행 우주, 혹은 다중 우주라는 것과 관계가 있다고 하더군. 우리 머릿속에 우주로 통하는 통로가 있다고 하던 친구 말이니까 얼마나 신용해야 할지 모르겠지만.
젊은 피터	머릿속에 우주로 통하는 통로가 있다고요…
피터	웅. 흐흐흐, 살아보게. 재미있는 시대가 오니까. 피-스. 러-브. 프리섹스. 머리에 꽃을!
젊은 피터	흠. 흥미진진하군요. 하지만 이거 역시 제가 알아선 안 되는 거 아닐까요?
피터	그런가? 헌데, 내가 이미 살아봐서 아는데 별 상관 없을걸세. 자넨 이 이야기들

며칠 후면 까맣게 잊어버릴 거거든.
자네한테는 그 대본이 있지 않은가.
당분간은 그것 말고는 아무것도 기억할
여력도 의사도 없을 테니까.

젊은 피터　　그야 그렇죠.

피터　　아무튼, 그게 무슨 희한한 소리냐면, 우리가
살고 있는 우주는 엄청나게 많은 여러
겹의 시간과 공간으로 구성돼 있다는 거야.
그러다 보니까 어쩌다 그것들이 겹쳐지는
부분도 있을 수 있다는 거지. 무슨 소린지
알겠나? 내가 살아온 인생의 어떤 시간대와
지금의 시간대가 서로 다른 우주에 속해
있을 수 있다는 거야. 그러니까, 지금
우리 둘이 만나고 있는 이 순간이 바로
그 두 개의 우주가 만나고 있는 순간일 수
있다는 거지. 그때 그 친구는 엘에스디 같은
약물 도움을 받아서 다른 우주로 건너갈
수도 있다고 하더군.

젊은 피터　　엘에스디요?

피터　　어…, 그러고 보니 그것도 오십 년대에 나온
거군. 마약 같은 거야.

젊은 피터　　혹시… 알코올도 비슷한 역할을 하지
않을까요?

피터가 젊은 피터를 쳐다본다.

젊은 피터	비난하려는 건 아니에요. 제 말이 좀
	공격적이었다면 용서해주시기 바랍니다.
	하지만 지금의 선생님이 제 미래라면 저도
	할 말이 아주 없지는 않은 거 아닌가요.
피터	나도 되는 대로 살진 않았네.
젊은 피터	당연히 그러셨겠죠. 제가 그럴 리가 없어요.
	하하. (사이) 흠… 그런데, 만약에 그
	겹쳐지는 우주란 게 두 개가 아니라 여러
	개라면 선생님은 미래의 제가 아닐 수도
	있어요. 제가 살고 있는 곳이 선생님의
	시간을 그대로 반복하는 우주가 아니라면요.
	지금의 제 시간과 선생님의 시간 사이
	어느 지점에선가 또 다른 우주와 만나
	어떤 영향을 받은 후라면요.
피터	그런가?
젊은 피터	그렇죠. 그리고, 기억하실지 모르겠는데,
	연극은 현실에 속해 있으면서 현실과 다른
	세계를 다루는 일이에요. 두 개의 혹은
	그 이상의 다른 세계를 동시에 다루는 일인
	거죠. 게다가 현대 연극에선 더 이상 시간과
	공간이 연속되지도 않고요. 우주가 시간과
	공간이라면, 전 이미 여러 개의 우주가
	만나는 지점에 살고 있는 셈이에요.
	전 이 세계로 만족해요. 제가 이미 겪은

세계와, 제가 상상하고 만들어내는 세계.

피터 음. 내가 기억하고 있는 것보다 실제의 내가 훨씬 더 똑똑했군. 기분이 괜찮은걸? 그리고 또 다른 가능성은,

젊은 피터 가능성이 뭐가 됐든, 전 지금 이 대본을 더 봐야겠어요. 오후에 첫 리딩이 있거든요.

피터 또 다른 가능성은…

피터가 서 있는 자리만 놔두고 무대가 서서히 어두워진다.

피터 내가 미쳐가고 있다는 거?

피터가 약을 한 알 더 꺼내서 삼킨다. 온갖 소음. 피터가 살아오면서 경험해왔던 소리들, 음악들이 정신없이 지나간다. 배경에 이미지가 투사될 수도 있다.

암전.

장면 6

소음과 광란이 다 지나가고, 피터가 눈을 감고 귀를 막고
가만히 서 있다가 눈을 뜨고, 손을 내리고 주변을 둘러본다.
아무도 없다.

피터   이보시오!

사이.

피터   피… 피터? (사이) 피터! (사이) 베드로!

사이.

피터   (피식 웃는다) 없어지니까 그것도 또
             섭섭하군. (시계를 본다) 몇 시간
             안 남았군. 인사말을 써야 할 텐데…

책상 앞에 가서 앉아 노트를 들여다본다.
노크 소리.
피터가 문 쪽을 바라본다.
다시 노크 소리.

피터	누…구시오?
하와이	(소리만) 예, 선생님, 접니다.
피터	아, 예… (주변을 조심스레 둘러본다) 피터?
(아무도 없다. 안심이 된다) 휴…
하와이	(소리만) 선생님?
피터	예, 예. 들어오세요.
하와이	(소리만) 아하하… 저, 문을 따주셔야…

피터가 얼른 다가가서 문을 연다.

하와이	주무시는 데 방해드린 건 아니죠? 너무
이른가요?
피터	아뇨. 괜찮습니다. 일어나 있었어요.
하와이	물소리도 나고 해서 일어나셨나 보다 하긴
했습니다. 말소리도 좀 들리는 거 같고.
누가 왔었나요?
피터	아, 아뇨. 티브이를 켰더니.
하와이	티브이요? 아직 안 할 텐데?
피터	아 예. 안 하더군요. 그래서 라디오를
틀었더랬어요.
하와이	아 예. 너무 더우시죠? 저도 잠을
설쳤습니다. (신문을 내민다) 여기 조간 갖고
왔습니다.
피터	아, 감사합니다. (받아든다)

하와이   아이고, 어제 밤사이에 유엔 안보리에서
        우리나라 가입안을 두고 표결할 거라고
        해서 기다리고 있었더니만,

피터   아, 어제가 그날이었군요.

하와이   표결에 부쳐지지도 않았답니다. 소련하고
        중공이 장난을 쳤겠죠. 월남은 남북이 동시
        가입하는 걸로 됐고요.

피터   그렇게 됐군요.

하와이   어떻게 생각하십니까?

피터   예?

하와이   미국에 사시는 지성인이시니까, 그쪽
        분위기는 어떤지 궁금해서 말이죠.

피터   아, 글쎄요…

하와이   우린 삼 년 전에 7·4 공동성명이 나온
        후로 줄곧 남북한 동시 가입을 추진해
        왔고, 북한에서는 그렇게 하면 분단이
        기정사실화될 뿐이다, 고려연방이라는 이름
        아래 하나의 연방 형태로 가입하자, 이렇게
        주장해왔단 말입니다. 우리야 그걸 받을
        수는 없으니까 단독 가입으로 선회한 건데,
        오늘도 보니까 소련하고 중공이 있는 한
        단독 가입도 물 건너간 거 같고… 어떻게
        생각하십니까? 연방 형태로 가입하자는 안
        말입니다. 어차피 통일은 해야 하는 것이고
        보면 이것도 꼭 나쁜 안이라고만 볼 필요는

없지 않을까요?

피터   그건 연방제 통일에 대한 논의도 받아들일
수 있다는 얘기가 되는 건데, 지금 그런
얘기들이 나오고 있나요?

하와이   아, 나오고 있다는 게 아니고요, 그냥
선생님 생각은 어떠신가 해서요,

피터   꼭 연방제 통일론을 지지하는 건 아니지만,
지금처럼 경색돼 있는 남북관계를 개선해
나가기 위해서는 괜찮은 방법일 수도 있지
않을까요? 고려연방제라는 이름이 거슬리면
이름이야 다른 걸로 할 수도 있을 거고요.

느닷없이 대머리가 서류 가방을 들고 불쑥 들어온다.

대머리   쉿! 헌법 수정조항 제5조!

대머리가 침대 옆 원탁 의자에 앉아 가방을 뒤지더니 서류철을
꺼낸다. 피터가 이런 모습을 멍하니 쳐다본다.

하와이   현 선생님,

피터   아, 예. 죄송합니다. 잠깐 생각 좀 하느라고.
그 문제에 대해선 잘 모르겠네요.

하와이   골 아픈 문제예요. 그런데 저…, 선생님,
연방제 통일안이니 하는 용어는요,
사용하시지 않는 게 좋습니다.

피터	아 그게 저, 제가 그걸 지지한다는 게 아니라
하와이	아유 저야 물론 알죠. 근데 그냥 말이라도 잘 안 쓰는 것들이 있으니까, 왜 저 분뇨나 남녀 생식기를 뜻하는 순우리말, 이런 건 우리가 잘 안 쓰잖아요. 멀쩡한 말인데도.
피터	아니 저, 연방이라는 말은 김 선생님이 먼저,
대머리	쉿!
피터	… 아, … 그렇군요.
하와이	예. 그렇습니다. 하하. (책상을 들여다보며) 뭘 쓰고 계시나 봐요.
피터	예, 이따가 행사장에서 짧은 인삿말이라도 좀 해줬으면 좋겠다고 해서 말입니다.
하와이	아, 예예.
피터	(공연히 가리려 든다) 한글로 글을 써보는 게 워낙 오랜만이라 맞춤법도 잘 모르겠고 엉망입니다.
하와이	편하게 쓰시면 되죠, 뭐. 인쇄를 해서 배포할 것도 아니고 그냥 인사말로 읽으실 거잖습니까.
피터	그거야 그렇죠.

하와이가 일어나 실내를 훑어보며 돌아다닌다. 피터는 하던
일을 계속하려고 하지만 하와이의 움직임에 신경이 쓰이는 걸

어쩔 수 없다. 와이런은 가방에서 꺼낸 서류들을 들여다본다.
하와이는 글을 쓰고 있는 피터의 등 뒤로 와서 넘겨다 본다.
피터와 눈이 마주친다.

하와이　　　　험, 험… 에 덥네. 아이고 덥다. 기록적인
　　　　　　　폭서라더니, 새벽부터 이렇게 더우면 낮에는
　　　　　　　도대체 얼마나 더우려고…

이때 현관문이 벌컥 열리면서 젊은 피터가 방으로 들어온다.
대머리가 앉아 있는 테이블에 털썩 앉는다. 피터는 깜짝 놀라서
자리에서 벌떡 일어선다.

하와이　　　　왜요? 어디 가시려고요?
피터　　　　　아뇨, 저…

얼이 빠져서 젊은 피터와 하와이를 번갈아서 쳐다본다.
무전기 소리가 삑삑 울린다. 피터가 긴장하는데 젊은 피터가
무전기를 꺼내 받는다.

무대감독　　　(무전기 소리) 배우들 들여보낼까요?
젊은 피터　　(무전기에 대고) 잠깐만, 일 분만 있다가
　　　　　　　들여보내 주세요. (대머리에게) 바버 씨,
　　　　　　　첫 리딩 시작하기 전에 제가 배우들한테
　　　　　　　몇 마디 해도 될까요?
대머리　　　　얼마든지. 자네가 연출 아닌가.

피터   와이런 변호사님! 피터, 그분은 바버 씨가
       아니고…,

대머리와 젊은 피터, 하와이 세 사람이 모두 피터를 쳐다본다.

하와이 예? 누구요?
피터   아, 아닙니다. 뭘 좀 생각하다가.

피터는 혼란스러워하다가 자기 책상으로 가서 앉는다.

피터   시간이, 시간이 별로 없어요.

하와이는 근심스러운 표정으로 그런 피터를 쳐다본다.

하와이 저기, 좀 이르긴 한데 해장이라도 하러
       나가시겠습니까? 찾아보면 문 연 데가 있을
       겁니다.
피터   아뇨. 괜찮습니다. 이걸 써야 하는데,
       시간이 별로 없어요, 그러고 보니까. 오는
       비행기 안에서 쓸 생각이었는데 그렇게 못
       해서…
하와이 아, 예…. 전 뭐 그럼 신문이나 좀…
피터   여기서요?
하와이 왜요? 불편하세요?
피터   아뇨, 괜찮습니다. 자리가 불편하실까 봐…

하와이	(침대를 가리키며) 저, 실례가 안 된다면 선생님 침대에 좀 앉아봐도 될까요?
피터	침대요? 아, 예, 그럼요. 그럼요.
하와이	(침대에 앉아 콩콩 튀면서 쿠션을 시험해본다) 제 집사람이 자꾸 침대를 들여놓자고 해서 저도 이번 기회에 시험 삼아 침대에서 자볼까 싶었는데, 침대에서 자니까 허리 아프다는 사람이 많더라고요. 여름엔 덥다고도 하고. 그래서 망설이다가 그냥 요 까는 방을 달라 그랬는데 살짝 후회가 되네요. 근데 또 이런 중차대한 행사를 주관하는 입장에서 컨디션을 백 프로로 유지해야 하니까 함부로 모험을 할 수도 없고요. (본격적으로 엉덩이를 들썩거려 본다) 어이구, 쿠션 좋네. 밤에 뭐라도 할라면 멀미 안 날까 모르겠네. 하하…

무전기 소리가 삑삑 울린다.

(소리)	신 과장님, 신 과장님, 현 위치 확인하시랍니다. 신 과장님.

피터가 하와이를 쳐다본다. 젊은 피터가 무전기를 꺼내 받는다.

젊은 피터	말씀하세요.

무대감독	(무전기 소리) 들여보내겠습니다.
젊은 피터	예.
하와이	저, 이 위에 좀 올라가 앉아봐도 될까요?
피터	… 아, 그럼요. 편하실 대로 하십시오.
하와이	아이고 감사합니다. 영화 같은 걸 보면 미국 사람들은 이렇게 올라가 앉더라고요. 신발도 안 벗고. (신발을 벗고 올라가 편하게 기대 다리를 뻗고 앉는다) 아이고, 좋네. (신문을 펼친다)

십여 명의 배우들이 들어온다. 하와이는 침대에 기대 앉아서 신문을 읽고 있고, 방 안은 배우들로 꽉 차 있는 해괴한 풍경이 만들어진다. 하와이는 물론 이들의 존재를 의식하지 못하고, 이들 또한 하와이의 존재를 의식하지 않는다.

젊은 피터	첫 리딩을 시작하기 전에 한 가지만 분명하게 하고자 합니다. 다들 아마 속으로 이런 생각을 하고 있을 겁니다. '저 차이나 맨은 왜 여기에 들어와 앉아 있는 거지? 진짜 저 차이나 맨이 우리 연출이야?' 맞습니까? (사이) 이 차이나 맨이 왜 여기에 앉아 있는지 지금부터 말씀드리겠습니다. 저는 여러분이 자기 안에 이미 가지고 있는 줄도 모르고 있었던 그런 제대로 된 연기를 여러분 스스로 발견하고 끄집어내는

방법을 알려주기 위해 여기 있습니다. 이미 작품을 읽어보고 오셨겠지만, 이 작품은 모든 인간은 평등하며, 누구도 다른 인간을 차별하거나 억압할 수 없으며, 그런 일이 벌어질 때에는 모두 단결해서 억압과 불평등에 대항해 싸워야 한다는 메시지를 담고 있습니다. 이 작품의 메시지에 동의하십니까?

배우들이 고개를 주억거리기도 하고, "예"라고 말하기도 하면서 동의를 표한다.

젊은 피터   그러나 그럼에도 불구하고 차이나 맨 밑에서, 차이나 맨의 지도를 받아가면서 이런 작업을 할 수는 없다고 생각하는 분들은 지금 당장 이 방을 떠나주시기 바랍니다.

모두들 긴장한 표정으로 그 자리에 서 있다. 피터가 그 모습을 쳐다보고 있고, 하와이는 신문을 읽다 말고 허공을 보고 있는 것 같은 피터의 그런 모습을 쳐다본다.

젊은 피터   좋습니다. 그렇다면 한번 해봅시다. 자, 그럼 시작하죠. 무대감독, 진행하세요.
무대감독   예. 자, 처음부터 시작합니다. 제1막 제1장.

배우들이 술렁거리면서도 자기 대본들을 꺼내 든다.
피터가 자랑스러운 표정으로 젊은 피터를 지켜보다가 책상
앞에 앉는다. 하와이는 멍하니 이런 모습을 쳐다본다.
피터에게만 좁게 조명이 비춰진다.

피터   시간이 없어, 시간이 얼마 안 남았어.
           (쓰기 시작한다) 걷는 곳마다 길이었던
           시절이 있었습니다. 최소한, 그렇게
           생각하려고 애쓰면서 살았던 시절이
           있었습니다. 앞을 무엇이 가로막고 있든,
           내가 길을 잘못 들어서 그런 게 아니라 원래
           모든 길에는 장애물이 있기 마련이라고
           생각했습니다. 아마도 아버님이 언제,
           어디서, 어떤 조건에서든, 어떤 식으로든,
           평생 독립운동에 매진하시는 모습을 보면서
           몸으로 배운 걸 겁니다. 그렇게 뚫고 나가다
           보면 언뜻 멀리까지 통하는 길이 보이기도
           했습니다. 하지만 항상 곧이어서 거대한
           절벽이나 거친 물이 나타났습니다. 기운이
           부쳐서 도저히 한 걸음도 못 옮길 지경이
           될 때까지 절벽에 매달리고 물살을 헤치고
           나아가곤 했습니다. 더 이상 앞으로 나아갈
           수도, 뒤로 물러날 수도 없을 지경이 돼서
           그 자리에 매달려 있었던 적이 한두 번이

아니었습니다. 그래도, 약간이라도 기력을
회복하고 나면 한 걸음이 됐든 두 걸음이
됐든 조금씩 앞으로 나아갔습니다.

배경에 조명이 들어오면서, 배우들이 장면을 만들기 시작한다.
대장 비버를 비롯한 장군, 친위대와 오크리프, 교수, 폴과
메리를 비롯한 가난한 비버들이 대치하고 있다.

대장   (친위대1에게) 너 가서 대포를 가져와,
           대포를!

친위대1   예! (뛰어나간다)

오크리프   우린 대포가 아니라 뭘 가져와도 무섭지
           않아. 빨리 무릎을 꿇고 물러나.

대장   흥! 말도 안 되는 소리! 조금 있으면
           내 군대가 대포를 가지고 올 거야.
           너희들이야말로 그전에 도망가는 게
           좋을걸! (친위대를 돌아보며) 이 녀석은
           왜 안 오는 거야!

친위대2   제가 가볼까요?

대장   어서 가봐.

친위대2   예! (뛰어나간다)

오크리프   마지막 경고다, 더 이상은 봐주지 않을
           거야.

대장   건방진 것들! 여태까지 내가 다 먹여주고
           입혀줬는데 은혜도 분수도 모르고 날뛰는군.

친위대1이 밖에서 들어와 슬그머니 오크리프 편의 비버들 뒤에
와서 선다. 비버들이 환호성을 지른다.

대장   이 배신자!

친위대1이 슬그머니 다른 비버들 뒤에 숨는다.

대장   (장군에게) 도대체 교육을 어떻게 시킨
            거야!
폴   더 늦기 전에 어서 무릎을 꿇으시지!
비버들   무릎을 꿇으시지!
대장   어림도 없는 소리!

친위대2 역시 비버들 뒤로 합류하는 모습이 보인다.

대장   저, 저 녀석도! (장군에게) 너 이리 와,
            빨리 가서 저놈들 다 잡아와!

대장이 장군을 발로 차려고 하는데 장군이 요리조리 피해
다닌다.

오크리프   사격 준비!

비버들이 일제히 새총을 꺼내든다.

오크리프   발사!

비버들이 대장과 장군을 향해 탁구공 정도 크기의 솜뭉치 같은
것들을 쏘아 올린다. 장군은 그 틈에 비버들 뒤로 도망쳐서
숨고, 대장은 결국 도망치고 만다. 비버들이 환호성을 지르고
기뻐한다. 장군과 친위대들도 기뻐서 날뛴다. 피터가 박수를
친다. 하와이가 깜짝 놀라 들고 있던 신문을 떨어뜨린다.

피터   이겼다! 마침내 인민의 힘으로 독재자를
         몰아냈다! 축하합니다, 여러분!

피터가 박수를 치고, 배우들이 피터를 쳐다본다. 조명이
하와이와 피터에게 집중된다.

피터   (소리지른다) 배신자, 배신자들! 너희들은
         예술가도 아니고 아무것도 아냐!
         다 가버려! 배신자들!
하와이   (놀라 몸을 일으키며) 선생님!
피터   으악! (깜짝 놀란다. 정신을 차리고 주변을
         둘러본다. 하와이에게) 당신은 왜 여기 있는
         거요! …
하와이   저기 저, 선생님, 괜찮으세요?
피터   … 죄송합니다. 좀 쉬어야겠어요.
하와이   아, 예. (침대에서 내려온다. 겁을 집어먹었다)

예, 예, 쉬세요. 시간 되면 제가 모시러
오겠습니다.

하와이 당황한 채로 퇴장.

장면 7

대머리가 일어나서 박수를 친다.

대머리   잘했어요. 훌륭해요. 하하, 저 당황해서
                   나가는 꼴이라니. 미스터 현, 아주 기가
                   막힌 작전이었소. 미친 척!

피터   … 난 미친 척했던 게 아니었어요.

대머리   그렇다면 더 좋고!

피터   당신은 대체 누구요! 왜 여기서 이러고 있는
                   거요!

대머리   나요. 알 와이런. 와이런 변호사. 설마 내가
                   누군지 기억 안 난다는 거요? 이미 한 발은
                   감옥에 들어가 있던 당신을 구해낸
                   사람인데? 아, 난 동시에 바버 씨이기도
                   하지. 연방극장 프로젝트의 뉴욕 디렉터
                   필립 바버. 당신에게 일자리를 주었던 사람.

피터   미국에서 그토록 오래 살았지만, 당신네
                   백인이나 흑인 들, 좀 오래된 기억 속에
                   들어 있는 얼굴은 구분이 잘 안 돼.
                   당신들도 우릴 보면 그렇겠지만.

대머리   하하, 그게 그렇게 되나요? 어쨌거나,

훌륭한 연기였어요. 로빠힌이 꼬리를 내리고
내빼는 꼴이라니. 이로써 '벚꽃동산'은
온전히 당신한테 남게 됐어요. 아, 당신은
'체리 과수원'이 더 좋다고 했지. 아무튼,
뭐가 됐든, 한국의 정보부로서는 이제
당신의 효용 가치는 꽝이에요. 꽝. 제로!
과수원이 됐든 동산이 됐든, 이미 폐허가
됐다는 걸 알아차렸다는 거지. 분명히
여러 가지 가능성을 두고 저울질을 하고
있었을 텐데 말이야. 한국 중앙정보부가
이런 기회를 그대로 흘려보낼 리가 없지.
자, 피터 현이라는 물건이 제 발로 걸어
들어왔다… 상해 시절부터 박헌영을
비롯한 공산주의자들과 함께 어울렸고,
해방 후에는 미군정의 요원으로 귀국해서
누나인 현앨리스와 더불어 미군 내
공산주의자들과 조선 공산당 간의
연합전선을 꾸리려다가 강제 송환 당했고,
미국으로 다시 돌아간 후에도 지속적으로
미국 내 좌익과 연관된 활동을 하다가
하원의 비미국적 활동 조사위원회에서
조사를 받았고… 게다가 누나인 현앨리스는
남과 북이 한반도의 주도권을 놓고 한창
신경전을 벌이던 1948년에 제삼국을 통해
자발적으로 월북했고… 중앙정보부에서

몇 해 전에 동베를린 간첩단 사건이란 걸
꾸며가지고 유럽과 국내에서 수십 명을
엮어서 재미를 봤는데 말이오, 이건
미국을 중심으로 그 이상도 엮을 수 있는
그림이란 말이지. 당신 밑으로 교민 몇 명,
유학생 대여섯 명에, 그자들 밑으로 각각
선후배 동기들 몇 명씩만 그려 넣어도
최소한 수십 명 엮는 건 일도 아닐 거거든.
그런 국제적인 거물 좌익 인사가 제 발로
걸어들어왔단 말이오. 월척이 뜰채 안으로
뛰어든 경우지. 현재 미국 시민이고 보훈처
초청으로 들어왔다는 게 좀 걸리긴 하지만
그거야 뭐 기술적인 문제고.

대머리는 주머니에서 트럼프를 한 벌 꺼내서 섞기 시작한다.
이후 대머리는 대사를 하는 동안 내내 카드를 만지작거린다.

피터	폐허? 나한테 폐허만 남았다고? 폐허만 남았기 때문에 안전하다고?
젊은 피터	그런데, 배신이라뇨? 제 배우들더러 왜 배신자라고 하신 거죠?
피터	자네 배우들? 지금 저자들을 자네 배우들이라고 했나?
젊은 피터	그럼요. 제 배우들이죠. (대머리에게) 무슨 일이죠? 이 작품에 무슨 일이 생기나요?

대머리	「비버들의 봉기」는… 아주 잘 나왔어.
젊은 피터	물론 그랬겠죠.
피터	너무 잘 나와서 문제였던 건가.
대머리	좋은 소식과 좋지 않은 소식이 있는데…
젊은 피터	그 말버릇, 좋은 소식 좋지 않은 소식 하는 거, 사실은 아주 짜증스럽다는 거 제가 한 번도 얘기한 적 없던가요?
대머리	그런가? 안 좋아해? 허허. 아무튼, 좋은 소식은 「비버들의 봉기」를 브로드웨이에서 올리기로 결정이 났다는 것이고,
젊은 피터	브로드웨이요?
대머리	그래. 다운타운의 중극장에서 올리긴 아까운 거 같아서 아델파이 극장에서 5월 19일부터 한 달 동안 올리기로 했네.
젊은 피터	와, 정말 희소식이군요. 아델파이 극장이면 천오백 석짜리 대극장이잖아요. 5월 19일 이면 얼마 안 남았네요. 무대에 대한 생각을 다시 다듬어봐야겠어요. 다른 거는요?
대머리	그게 아직 결정이 난 건 아니고, 내가 계속 애를 쓰고 있는 중이긴 하네만,
젊은 피터	본론만 얘기해주세요.
대머리	배우들 의견이 말이야… (뜸을 들인다)
피터	다운타운에서야 관계없지만, 다른 데도 아니고 브로드웨이 무대를 아시아 연출자 이름 얹어서 나가기 싫다는 거였네.

젊은 피터   네?

사이.

젊은 피터   모두의 의견인가요?

피터   모두의 의견이었지. 자네가 그토록 좋아하고
           의지하던 줄스 다신을 포함해서. 그 친구는
           바로 몇 해 전에 신문에 났더군. 그리스의
           군사정권에 대항해서 영웅적인 저항운동을
           펼치고 있다고. 하! 가장 비민주적인
           방식으로 동료를 짓밟고 커리어를 시작한
           놈이.

대머리   …하지만 그건 자네 작품이야. 누구
           이름으로 올라가든 상관없이. 누구나 다
           알고 있는 사실이야.

피터   자넨, 난, 배신당했어. 다운타운을 떠나서
           브로드웨이로 들어간다니까 다들 미쳐버린
           거지. 누구도 차이나 맨 이름 밑에 자기
           이름이 들어가는 걸 원하지 않았어. 적어도
           브로드웨이에선. 본격적인 배우 경력을
           그렇게 시작할 순 없다는 거였겠지.

젊은 피터   … 그럼 난 어떻게 해야 하죠?

대머리   (단호하게) 공연을 아예 취소할 수도 있어.
           자네가 원한다면. 자네 작품이니까.

젊은 피터   (잠시 생각에 잠긴다) … 페르디난드를

하면서 불만이 뭐였는지 아세요?
투우장에서 싸움을 거부한 페르디난드가
다시 초원에 돌아와 행복하게 꽃향기를
맡으면서 사는 게 그 작품의 결말이죠.
하지만 그게 실제였다며 싸우길 거부한
투우한테 과연 어떤 일이 벌어졌을까요?
아마도 그 다섯 명의 흥행업자가 그날
밤으로 페르디난드를 토막 쳐서 제일 좋은
부위는 자기들이 먹고 나머지는 팔아
치웠겠죠. 페르디난드는 그날 그 투우장에서
목숨을 걸고 싸워야 했어요. … 배우들하고
얘길 하고 싶습니다.

대머리   그럴 텐가? 그럼…

젊은 피터가 배우들을 향해 이야기한다.

젊은 피터   (배우들을 둘러본다. 주먹을 쥐고 부르짖는다)
대장을 내쫓자! 대장을 꺾어서 몰아내자!
「비버들의 봉기」를 만들면서 내가 가장
공을 들인 것은, 싸움 따위의 거친 일과는
거리가 멀어 보이는 아주 귀여운 비버들이
"폭압적인 수탈자 대장을 몰아내자!"고
외칠 때, 이 대사가 매우 정당하게 그리고
단 하나의 대안처럼 들리게끔 만드는
것이었습니다. 그것이 나의 동료 인민들에게

꼭 들려주고 싶은 말이었기 때문이었습니다.
그리고 성공했습니다. 우린 귀엽지만
나약하지 않고, 격렬하지만 선동적이지
않고, 감성적이지만 동시에 강경한 메시지를
가진 무대를 만들어 냈습니다. 그리고
그 성공의 대가로, 나는 추악한 범죄를
저지른 비버들의 우두머리처럼 내 자리에서
쫓겨나게 됐습니다. (사이)
난 당신들이 진심으로 부끄럽습니다.
당신들은 내가 동양인이라는 이유로,
조선이라는 없어진 나라의 무명인이라는
이유로 나를 버렸습니다. 지난 두 달 동안
함께 고생해서 의미 있는, 확실한 가치를
지닌 세계를 만들어낸 연출자를 버리고
이 작품과는 아무 상관도 없는 엘리아
카잔을 선택했습니다. 나는 당신들을
축복해줄 수 없습니다. 나는…,

사이.

대머리 자, 그래서… 이 작품을 어떻게 했으면
    좋겠나?

젊은 피터 전… 전…,

피터   내가 대신 대답해주지. 자넨 하루 밤낮을
    꼬박 고민했고 결국 공연을 허락했어.

배우들은 용서할 수 없었지만 「비버들의 봉기」라는 작품과 연방극장 프로젝트라는 조직에 대한 애정이 너무나 컸기 때문이지.

전화벨이 울린다. 피터가 전화기를 바라본다. 받지는 않는다. 전화벨은 몇 번 울리다가 멈춘다.

피터   그 후로 아무도 날 찾지 않았네. 날 거부한 자들은 물론이고, 날 도와주던 이들까지도. 날 보는 게 불편하고 괴로웠겠지. 아버지와 앨리스 누나가 차례로 전화를 했네. 그만 돌아오라고. 그만 고통받고, 이제 고통받는 이들을 위해 일하라고. 난 돌아갔지만, 혼자 일하는 쪽을 택했네. 하지만 이 사람들에 대해서는 잊지 않았지.
(배우들에게) 이렇게 또 마주 대하게 됐군요. 엘리아 카잔도 결국 발을 뺐더군요. 제정신을 가진 예술가라면 받아들일 수 없는 일이죠. 당신들은 허수아비 연출자와 함께 내 작품을 브로드웨이로 가지고 갔고, 좋은 성과를 거뒀습니다. 하지만 그래 봐야 한 편의 연극이었어요. 한 달의 영광이었을 뿐입니다. 당신들 중 대부분은 그 후로 아무런 흔적도 남기지 못하는 인생을 살았습니다. 어리석은 사람들. 그렇게 될

거라는 사실을 여러분이 미리 알았더라면
좋았을 텐데, 하는 생각을 가끔 합니다.
나는 뉴욕을 떠났지만, 그 후로 할 수 있는
대로 여러분의 종적을 추적해왔습니다.
마치 공부하듯이. 그 일이 나의 인간학
공부였습니다. 여러분의 대부분은 이미
이 세상 사람이 아닙니다. 한때의 젊은
시절이 끝나고 나서 여러분들은 하나씩
하나씩 차례로 소멸돼갔습니다. 별 의미도
없이. 흔적도 없이.

배우들이 한 명씩 뒤로 천천히 물러서서 어둠 속으로 들어간다.

대머리   작품이 너무 잘 나왔어. 그게 문제였다고
말해야 하나. 그리고… 자넨 내 조언도
좀 들어야 했어. 적당히 못 들은 척하고,
못 본 척하고, 하고 싶은 말이 있어도 참고
말이지. 쥐고 있는 카드가 좋든 나쁘든 아무
표도 내지 않는 게 게임의 요령이란 말이지.

젊은 피터   결국 제 잘못이었다는 얘긴가요? 조선에는
시집간 여자는 귀머거리로 삼 년, 장님으로
삼 년, 벙어리로 삼 년을 살아야 한다는
말이 있죠. 당신들 지시대로만, 절대로
당신들보다 뛰어나지 않게 살았어야 했던
건가요? 나는 미국이라는 남편에게 시집온

101

옛날 조선 여자인 건가요? (사이. 피터에게)
그렇게 사신 건가요? 지금 그 나이가
될 때까지 내내? 주는 것만 받아먹어
가면서요? 늙은 개처럼? 희망도, 야망도
없이?

피터   늙은 개… 늙은 개. 늙은 개라고!

젊은 피터   아니었나요!

피터   난, 난, 내가 할 수 있는 모든 걸 다 했어.
난, 난, 조국을 해방시키기 위해서 싸웠고,
인민의 자유를 위해서 싸웠어! 가족을
부양하기 위해서 싸웠어! 벽에 부닥칠
때마다 온몸으로 부딪치면서 싸웠어!

젊은 피터   그랬나요? …하지만 지금 내가 보고 있는
건 환각에 빠져 있는 주정뱅이예요.

피터   난, 난, 아… 아… 아! (무언가 할 말이 있는
것 같으나 말이 되어 빠져나오지 못한다)

전화벨이 다시 울리기 시작한다. 여러 번이 울린 다음에야
피터가 정신을 가다듬고 전화를 받는다.

피터   예. 예. 알겠습니다. 곧 내려가겠습니다.

피터는 전화를 끊고 서랍에서 샘플 위스키를 꺼내 마신다.

피터   환각에 빠진 주정뱅이라고.

젊은 피터	아닌가요?
피터	내 평생이, 늙은 개, 환각에 빠진 주정뱅이, 그렇게밖에 안 보이나?
젊은 피터	난 방금 모든 걸 잃었어요. 그리고, 선생님은 본인이 저의 미래라고 하셨죠? 자, 미래에서 뭘 가지고 오셨나요? 저한테 뭘 주실 건가요? 제가 뭘, 어떻게 하면 이 실패를 회복할 수 있나요? 어떻게 해야 선생님처럼, 아니, 선생님이 되는 걸 피할 수 있나요?
피터	자넨 지금 자네 자신을 비웃고 있을 뿐이야.
젊은 피터	예! 선생님이 그렇게 하라고 시키고 있죠! 이건 대체 무슨 마조히즘인가요? 이렇게 스스로를 괴롭혀서 윤리적인 고결함을 되찾으려는 건가요? … 원하시는 게 뭐죠? 괴로우세요? 위로를 받고 싶은 거예요?
피터	자넨 여태 최선을 다해서 살아왔어. 안 그런가?
젊은 피터	……
피터	내가 아는 한 자네 지난 십여 년을 정말 최선을 다해서 살아왔어. 그러나 실패했지. 그 후로도 마찬가지였을 뿐이야. 난 나름대로 최선을 다했어. 그리고 계속해서 실패했을 뿐이야. 연극을 그만두고 돌아갔을 때에도 난 최선을 다해서 새로운

인생을 개척했고, 일본이 진주만을 폭격하는
걸 본 다음에는 서른여섯 살의 나이로
특수부대에 자원 입대했어. 그리고 삼 년
동안 침투 훈련을 받다가 해방이 되면서
군정의 일원으로 조선에 돌아갔지.

젊은 피터   (들떠서) 해방이 되나요?

피터   흥분하지 말게. 곧바로 좌절하게 될 테니까.

젊은 피터   그게 무슨 말씀이세요? 해방이 되냐고
묻는데 곧바로 좌절하게 된다뇨.

피터   흥. 자네가 환각에 빠진 주정뱅이가 되는
과정을 하나하나 짚어보고 싶은 건가?
그런 게 아니라면 내버려 두세.

젊은 피터   해방이 되는군요. 조선에 돌아가게 되고요.

피터   조선에 돌아가게 되지.

그러고는 옷장에서 턱시도를 꺼내 침대 위에 올려놓고
유분함을 테이블 위 중앙에 올려놓는다.

피터   … 그리고 여기까지 오게 되지. 이게 내가
마지막으로 해야 할 두 가지 일 중 하날세.
이건 희망이라고 불러야 하나, 절망이라고
불러야 하나.

젊은 피터가 유분함을 쳐다본다.

피터   … 아버님과 어머님일세.

젊은 피터   예?

뒤켠에서 앨리스가 나와 피터의 어깨를 감싸 쥐고 선다.

젊은 피터   아버지, 어머니라고요? 이게?

피터   모든 생명 있는 것들은 결국엔 아무것도
             아닌 것으로 축소된다… 이 단순하기 짝이
             없는 문장이 언제부턴가 항상 마음속에
             들어와 있네. 우린 누구나 다, 그렇게 돼.
             단 하나의 예외도 없이. 한편으로 안심이
             되지 않나?

젊은 피터   아아… (흐느낀다)

피터는 앨리스의 손 위에 자기 손을 얹는다. 두 사람은 그렇게
한 채로 고개를 파묻고 흐느끼고 있는 젊은 피터를 바라본다.

앨리스   저 시절의 널 지켜보는 건 너무
             힘들었어. 너는 모든 걸 잃고 돌아와서는
             토지측량기사 보조 일을 시작했지. 너는
             그 일이 마음에 든다고 했지만, 내가 보기엔
             너는 한자리에 가만히 있을 수가 없어서
             그 일을 시작한 거 같았어. 너는 걸어다니지
             않으면 누워서 잠을 잤지. 누구하고도 말을
             하지 않았어.

앨리스가 이 말을 하는 동안 젊은 피터는 천천히 일어나서
무대 위를 걸어다니기 시작한다.

피터   잠깐 신학 공부를 하던 시절에 불트만이란
           이를 읽은 적이 있네. 자네가 더 잘
           기억하겠지만. 그 사람 말이 맞아. 종말이란
           게 하늘에서 불이 쏟아지고 땅이 갈라지고
           천사가 내려와 사람들을 심판하고 그런
           요란한 사건이 아냐. 종말은 이미 와 있어.
           지금의 시간 바로 다음, 여기 이 공간의
           바로 옆에. 우리가 알고 있는 곳 바로
           너머에. 다음 발걸음이 다시 땅을 디딜 수
           있으리라는 보장은 아무 데도 없어.

걸어다니던 젊은 피터가 창문을 열고 그 턱에 올라선다. 밖을
내려다본다. 한 발을 허공으로 내민다.

젊은 피터   고통스러울 정도로 가난했지만, 그래도
           매일매일 행복했어요. 그런데 한 걸음씩
           내디딜 때마다 다음 걸음은 죽음일 수
           있겠다는 생각을 했다고요. 그렇게 해서
           계속 살아왔다고요. 이미 와 있는 걸
           기다렸다고요. 왜요?

젊은 피터는 바깥으로 내밀고 있던 발을 그대로 내딛는다.
문턱에서 사라진다. 그 순간 앨리스가 피터를 품에 안고 머리를
쓰다듬는다. 앨리스는 이 순간 피터가 위로 받아야 한다는 걸
분명하게 알고 있다. 비버들이 창으로 몰려와 밖을 내다본다.
대머리도 일어나 와서 보고 다시 돌아간다.
중절모가 들어선다. 박헌영이다.

중절모   난 항상 잘못된 시간, 잘못된 장소에
          나타나는 운명인가 보군.

피터   오셨군요, 선생님.

중절모   현순 선생님 내외분을 대한민국 국립묘지에
          안장시켜 드린다고.

피터   예.

중절모   그분이 원하시던 바일까?

피터   아니요. 군사정권이 물러난 후에 고향
          근처에 가서 산골해 달라고 하셨어요.

중절모   그런데 왜?

피터   그럴 날이 쉽게 올 거 같지 않고, 전 이미
          너무 늙었어요.

중절모   그런가. 날 비난하는 건가?

피터   누가 감히 선생님을 비난하겠어요?

앨리스   나도 선생님을 비난하고 싶진 않아요.

중절모   우린 최선을 다했어.

앨리스   예, 최선을 다했어요.

대머리   저렇게 나이브해서야…

피터	우린 모두 실패했어요.
중절모	우린 모두 실패했지.
대머리	들어온 패가 좋지 않을 땐 쉬는 수밖에 없어요. 당신네들 조급한 혁명가들의 문제는 터무니없는 패를 쥐고도 매번 덤벼든다는 거요. 그러니 실패할 수밖에 없지.

중절모가 테이블에 가서 앉는다. 대머리가 패를 돌린다.

중절모	(패를 든다) 터무니없는 패를 쥐고도 덤벼든다고. 홍. 터무니없는 패만 삼십여 년 들고 있다 보면 조금만 기회가 보여도 블러핑을 할 수밖에 없는 거요.
피터	앨리스 누나는 그게 최선이었을까요?
중절모	앨리스… 나도 앨리스가 프라하까지 와서 내게 연락을 취하리라고는 생각하지 못했어.
피터	앨리스 누나는 떠나기 전에 저한테 여러 번 이렇게 말했어요. 북조선에는 박헌영 선생님이 계셔. 거기 가서 새로운 조국을 건설하는 걸 돕는 거야.

앨리스가 중절모의 뒤로 가서 선다.

	누나는 거기 가서 뭘 했나요?
중절모	알다시피 난 자네가 이미 알고 있고 상상할

	수 있는 만큼만 얘기할 수 있네.
피터	그 얘기라도 듣고 싶은 거예요.
중절모	그럼 이렇게 이야기를 해볼까? 앨리스도 들고 있는 패가 많지 않았어. 그 친구도 태어나서 한 번도 좋은 패를 받아본 적이 없지. 하지만 들고 있는 게 없어도 순서가 되면 뭔가를 내놓아야 하잖나. 매번 건너뛸 수도 없는 일이고. 세상은 계속 돌아가는데. 또 뭔가를 내놓은 대가로 더 나은 무언가가 돌아올지 모른다는 기대도 있고. 앨리스는 해방 후에 미군과 함께 들어와 군정청에서 자기가 할 수 있는 일을 했지만, 강제 송환돼서 미국으로 돌아간 후로는 할 수 있는 게 없었다더군.
피터	압니다… 하지만, 왜요, 왜 하필이면 거기였을까요… 체코에 그대로 있었어도 되고, 독일도 있었는데요.
중절모	앨리스는 체코에서 북조선 대사를 만났을 때 이렇게 말했다고 하네. 진정한 사상의 조국, 인민의 진정한 조국에 돌아가 함께 싸우고 함께 건설하고 싶다고. … 그러나 이 생각은 자네가 이미 버렸지 않은가.
피터	그랬죠. 그건 구실이었을 뿐이에요. 아무리 돌이켜봐도 앨리스 누난 김일성에게 동의한 적이 없어요. 인정한 적도 없고요.

중절모   대신 나한테 책임을 물어야 한다는 생각을
            언제부턴가 가지고 있었고.

앨리스가 중절모의 어깨와 등을 천천히 쓰다듬는다. 피터는
그런 앨리스의 모습을 애써 외면한다.

중절모   앨리스가 북으로 들어간 이유가 사실은
            나 때문이라고 생각하게 된 거지. 상해
            시절 이후로 앨리스가 줄곧 나를 사랑하고
            있었고, 나 역시 앨리스를 사랑하고
            있었다는 걸 앨리스가 알고 있었기 때문에
            날 찾아왔다고 생각한 거지.

앨리스가 중절모의 뒤를 떠나 피터에게 다가온다.

피터   …
중절모   그래서, 애당초 내가 어리석은 판단을
            내려서 북으로 들어가지 않았더라면
            앨리스가 날 찾아서 북으로 들어가지
            않았어도 됐을 것이다, 라고 자네는 나중에
            생각하게 됐고.

피터가 아무 말 없이 테이블을 주먹으로 내리친다.

중절모   그게 앨리스에 대한 모욕이라는 생각은

해보지 않았나?

피터	누난 우리 가족 모두와 날 버리고 갔어요.
앨리스	베드로야, 알잖아, 난 뉴욕에서 대학을
	다닐 때에도 길에 나가면 세탁부 취급을

누난 우리 가족 모두와 날 버리고 갔어요.
베드로야, 알잖아, 난 뉴욕에서 대학을
다닐 때에도 길에 나가면 세탁부 취급을
받았어. 두 번 다시 그렇게 살고 싶지
않았어. 북조선에 들어가서 누난 열심히
일했어. 원 없이. 여태 왕조 국가와
식민지의 노예였던 사람들, 그 남자들의
노예로 살던 동포 여성들에게 근대화된
나라의 여성들은 어떻게 사는지, 우리가
앞으로 뭘 기대할 수 있고, 어딜 향해 가야
하는지 눈을 뜨게 해주고 싶었어. 날 만나는
여성들마다 은밀한 기대를 가지고 나한테
물었어. 우리도 언젠가는 미국 여자들처럼
살 수 있겠죠? 학교도 다니고 집집마다
세탁 기계를 놓고 차를 굴리면서 살 수
있겠죠? 그러면 나는 이렇게 대답했지.
아뇨. 우린 그보다 더한 걸 성취할 거예요.
우린 남자들이 만들어주는 세상을 누리는
게 아니라 새로운 세상을 함께 만들 거예요.
우린 학교를 만들고 공장을 만들고 세탁
기계를 만들고 자동차를 만들 거예요. 우린
새로운 세상을 만들 거예요. 우리 손으로.

젊은 피터가 들어온다. 피터는 자기가 뛰어내렸던 창문턱에 가서 걸터앉는다.

피터	누나가 항상 하던 얘기지. 내가 아주 어릴 때부터. 새로운 세상에선
피터 · 앨리스	(함께) 누구도 누구를 섬기지 않아. 새로운 세상에선 남자와 여자가 함께 배우고 함께 아이를 키우고 함께 건설하지. 함께 일하고 함께 쉬고 함께 싸우고 함께 평화롭고,
피터	그래서,
앨리스	함께 … 아름답지.
젊은 피터	함께 아름다워… 함께 생산하고 함께 소유하고, 생산하는 자와 소비하는 자, 예술작품을 만드는 자와 향유하는 자가 서로로부터 소외되지 않고…
앨리스	누구도 서로로부터 소외되지 않고, 누구도 자신이 만든 것으로부터 소외되지 않고, 누구도 자기 자신으로부터 소외되지 않고…
피터	누구도 자기 자신으로부터 소외되지 않고… 흥.

앨리스가 천천히 퇴장한다.

중절모	우린 할 수 있는 만큼 했어.
대머리	나이브하긴.
중절모	최후의 순간까지. 받아볼 수 있는 카드는

다 받아봤고 쓸 수 있는 카드는 다 써봤어.
전쟁은 승산이 있을 것 같았어. (카드를
내려놓으며) 스트레이트.

대머리   흠. 선생은 날 이길 수 없어요. (카드를
내려놓으며) 풀하우스.

중절모   빌어먹을.

대머리   한판 더?

중절모   물론이죠. (대머리가 카드 섞는 걸 보고
있다가) 앨리스는 할 수 있는 일은 다 했어.

피터는 앞에서 쓴 노트를 들여다보다가 찢는다.

피터   너무 장황하게 썼어요. 다시
다듬어야겠어요.

중절모   이제 어떻게 되는 건가?

피터   마무리를 해야죠. 우리 세대 일이니까 제가
가기 전에.

중절모   무슨.

피터   누나를 찾아올 거예요.

중절모   이미 오래전에 끝난 일인걸.

피터   역사는 그렇게 끝냈지만, 나한테는 끝나지
않았어요. 어머니 아버지를 국립묘지에
모시겠다는 초청장을 받고 고민하다가
수락하면서, 바로 누나 생각을 했어요.
오늘 비로소 그런 생각이 들었어요. 북에도

요구해야 한다. 우리가 좌절한 건 당신들 탓이다, 우리들 탓이 아니다, 누나 탓이 아니다, 당신들이 책임져야 한다, 그런 생각이 들었어요.

중절모   그 사람들도 정확히 그렇게 생각하지. 주체만 바꿔서. 우리가 힘든 건 너희들 탓이다, 우리들 탓이 아니다, 너희들이 책임져야 한다. 어떻게 하려고?

피터   북으로 갈 생각이에요.

중절모   흠… 난 일제로부터의 해방과 인민이 주인이 되는 국가 건설을 위해 싸우면서 평생 고통받았지만, 고등학교 때 와이엠시에이에서 선교사들한테 영어를 배웠다는 것 때문에 간첩 누명을 썼어. 자넨 공산주의자 혐의를 받고 온갖 고생을 다했지만, 그러나 여전히 미군 첩보부 장교였고 수십 년을 미국에 산 사람이야. 거기 갔다간 아주 험한 꼴을 당할 수도 있어.

대머리   어리석은 짓이오.

피터   너무 늦기 전에요. 가족한테로 데리고 올 거예요. 그게 제 인생의 마지막 노력이 될 겁니다. 또 실패할 수도 있겠지만. 하지만 해볼 거예요. (젊은 피터에게) 난 가만히 앉아서 주는 거나 받아먹는 늙은 개가

아니야. 환각이나 보는 주정뱅이일 수
있겠지만, 최소한 그걸 끝까지 들여다보기는
하지.

피터는 턱시도를 입기 시작한다.
젊은 피터는 문턱에 올라가 한 발을 밖으로 내민다.

젊은 피터   여기서 바깥의 저 바닥까지는 한 걸음
　　　　　 이에요. 시간으로는 약 이 초 정도가
　　　　　 걸리죠. 많은 생각을 할 수 있는 시간
　　　　　 이에요. 전 봤어요. 거기에 이미 세상의
　　　　　 끝이 와 있어요. 우린 어쩌면 그 얘기를
　　　　　 더 해야 할지도 몰라요.

문을 두드리는 소리가 난다.

피터　　　　예.
하와이　　　(소리만) 예, 저, 접니다.
피터　　　　열려 있습니다.

하와이가 머뭇거리면서 들어선다. 사방을 둘러본다.

피터　　　　왜요?
하와이　　　아, 아니, 저, 기다려도 안 내려오시길래…
피터　　　　(호크를 끼우게 돼 있는 나비넥타이를 매는데 잘 안 된다) 저, 이거 좀.

하와이   아, 예.

등 뒤로 가서 도와준다. 피터는 하와이의 표정을 볼 수 없는
위치다.

피터   조만간에 누나를 찾으러 갈 생각입니다.

하와이   아, 예… 누님이 어디에…

피터   북에 있습니다.

하와이   예? (타이를 놓친다)

피터는 떨어진 타이를 주워서 다시 하와이에게 건네주고
돌아선다. 완전히 하와이를 믿고 몸을 내맡긴 모양새다.

피터   누님이 48년에 체코를 통해서 월북했어요.
              전쟁 끝나고 나서 박헌영 선생과 함께
              숙청당했습니다.

하와이   아니, 그런 얘기를 왜 저한테…

피터   어머니 아버지를 여기 모셨으니 누님도
              모셔 와야 도리 아니겠어요.

하와이   아니 그 저, … 아 이게 이 호구가 망가졌나
              봐요. 왜 이렇게 안 끼워지? 아, 됐다.

피터   어떻게 생각하십니까?

하와이   아니, 그, 저, 저한테 자꾸 저, 제 업무랑
              아무 상관 없는 말씀 하시지 마시구요,

피터   혹시 압니까. 신 과장님이 절 좀 도와주실
                  수 있는 방법이 있을지.

하와이   아이고 참 큰일 나실 말씀을… 저, 그런
                  사람 아니라니까요… (유분함을 가리키며)
                  저건 제가 들고 나갈까요?

피터   아뇨, 괜찮습니다. 제가 모시고
                  나가겠습니다.

하와이가 서둘러서 앞서 나가고 피터가 노트와 유분함을 들고
나간다. 피터는 나가기 전에 방 안을 한 번 천천히 둘러보고는
문을 닫고 나간다.

젊은 피터   「체리 과수원」의 마지막 장면에서 피리스가
                  이렇게 말하지.
                  문이 잠겼군. 모두 가버렸어. 나를 잊었군
                  그래. 아무려면 어때… 나는 여기 앉아
                  있으면 되는 거야. 아아, 드디어 한평생이
                  지나갔구나. 그런데도 도무지 산 것 같지가
                  않아. (창틀에 길게 기대앉는다) 조금 누워
                  있을까. 하나도 기운이 없군. 아무것도 남은
                  게 없어.

대머리와 중절모, 젊은 피터가 마네킹처럼 앉아 있다. 그 위로
피터의 연설문이 들린다. 이 연설문은 1975년 8월 8일에
있었던 현순 목사 부처의 유해 안장식에서 피터 현이 행했던

117

실제 연설문이다. 오래된 녹음테이프 같은 효과를 넣어도 좋을 것이다.

피터   (소리만) 오늘 이렇게 조국 지사의 영광한 날에 참석하게 된 것을 깊이 감사합니다. 미국에 살고 있는 우리 형제자매들은 함께 되어서 결정한 것은 아버님과 어머님의 유해는 그이의 조국 강산으로 돌아가서 그이의 동포들과 함께 있는 것이 마땅하고 기쁜 것이라고 생각했습니다. 부모님이 우리들을 길러 오실 때에 가르쳐주신 것은 이것입니다. "너희들은 잊지 말어라. 어데서 살고 무슨 일을 하든지 네 나라를 사랑하고 네 나라의 자유 독립을 위하야 생명을 바쳐라." 이 받은 사상은 아직도 잊지 않고 살아갑니다. 우리는 아버님과 어머님이 우리 동포 자유 독립을 위하야 노력하시는 것을 보고 자라났습니다. 그러나 아버님이 돌아가시기 전에 원하시고 기도하신 것은 인민의 자유는 전 세계 인생에 퍼지고 국가 독립은 세계 만국에 성립될 것을 원하시며 기도하시면서 돌아가셨습니다. 또다시 우리 애국지사를 위하야 이같이 많이 노력을 하시고 이같이 굉장하고 아름다운 묘지를 건설하여주신 것을 말할 수 없는 깊은

감상으로 감사드립니다.

서서히 암전.

막.

이 희곡은 2017년 9월 14일부터 10월 1일까지 남산예술센터에서 다음 사람들과 함께 제작·초연되었음을 밝힌다.

극단 백수광부

작	고영범	드라마터그	조만수
연출	이성열	무대	박상봉
출연	한명구	조명	김성구
	김현중	음악	김동욱
	민병욱	의상	이수원
	김동완	분장	이동민
	홍원기	영상	윤형철
	최원정	모션그래픽	김희정
	김경회	인형제작	문창혁
	심재완	조연출	김세홍
	윤상원	무대감독	김은선
	주예선	무대조감독	안수민
	전주영		노희국
	이영재	기획	코르코르디움
	신주호	사진	윤헌태
	박정현		
	유승민		

서울문화재단 남산예술센터

극장장	우연
극장운영팀장	도재형
기획 · 제작PD	김지우
	김민영
	조유림
기획 · 제작AD	오예슬
홍보 · 마케팅	박상영
기술 · 음향감독	이정욱
조명감독	피예경
조명조감독	박소라
무대감독	정태환
무대조감독	주무형
시설감독	변기용
시설조감독	송명규
하우스매니저	류선주
티켓매니저	김보연
행정 · 총무	김영선

남산예술센터 · 극단 백수광부 공동제작
제작지원 벽산문화재단
후원 벽산엔지니어링(주)

이음희곡선   에어콘 없는 방

처음 펴낸 날   2017년 9월 14일

지은이   고영범
펴낸이   주일우
편집   김우영
디자인   김수환

펴낸곳   이음
등록번호   제2005-000137호
등록일자   2005년 6월 27일
주소   서울시 마포구 월드컵북로1길 52 3층
전화   (02)3141.6126
팩스   (02)6455.4207
전자우편   editor@eumbooks.com
홈페이지   www.eumbooks.com
인쇄   삼성인쇄

ISBN   978-89-93166-77-4 04810
    978-89-93166-69-9 (세트)
값   5,500원

+ 이 책은 서울문화재단 남산예술센터와 협력하여 제작하였습니다.
+ 이 도서의 국립중앙도서관 출판예정도서목록(CIP)은
서지정보유통지원시스템 홈페이지(http://seoji.nl.go.kr)와
국가자료공동목록시스템(http://www.nl.go.kr/kolisnet)에서 이용하실
수 있습니다.(CIP제어번호: CIP2017021957)